JN175146

海原を越えて

国府正昭

鳥影社

海原を越えて　目次

カバー写真・口絵写真／国府まゆ子

斗馬の叫び

チャイムは、奥の部屋で確かに鳴っている。しかし、それに応える人の声も足音も聞こえてはこない。

一つの階に五つのドアが並んでいる鉄骨造りの古びたアパート。鉄階段を上がった二階にも同じように部屋があるようだから十戸入居ということか。部屋番号を頼りに探し当てた一階奥の角部屋の前で、チャイムの反応をしばらく待ってから、星野秀人（ほしのひでと）は玄関ドアの脇についている簡素なボタンをもう一度押した。ドアの下部に口を開けている郵便受けからは、チラシやらダイレクト・メールらしきものやらが入り切らずにあふれ出ていて、ここしばらくは取り込まれた様子はない。

「ちぇ、もうとっくに引っ越しちゃってるよ。空室だよ、ここ」

「ちゃんと家庭訪問してきましたよ」というアリバイ作りのように、不必要なほど長くドアの前に立ち尽くしてから、秀人は小さく舌打ちをしてつぶやいた。それから、手にしていた書類を畳んで内ポケットにしまうと、さっさときびすを返す。「すでに転居した模様で子供の所在は確認できませんでした」、校長にはそう報告しよう。

今朝、校長から家庭訪問を頼まれた。この春にうちの小学校に入学してくる予定の子供の中で、昨秋の就学時健康診断も受けず、二月の新入生保護者説明会に親も本人も来なかった家庭がある。しかし一月に送った就学通知書は戻ってきていないから届いていると思われる。どうなっているのか一度現地で様子を見てきてほしい、市の教育委員会からそんな要請があったのだと言う。秀人に白羽の矢が立った。今はまだ六年生の担任で、あと数日後に卒業式を控えていて忙しい。しかし、来年度は新一年生の学年主任を務めるようにと既に校長から言われている。秀人とてまだ三十歳を少し超えたばかりだが、さらに若い四人の担任を率いて新入生を担当する。市教委が暇な指導主事でも行かせて直接確認すればいいのに、そう思わないでもなかったが、四月から自分の学年に入る児童のことなのだから、断りにくい。それに、大学を出てすぐ教員になって十年目、二校目の勤務校で初めて任された「主任」の仕事をキチンとやり遂げねばならないと強く感じている。どのような課題も解決でき、他の教師をまとめる力量があることを証明すること、それは教員としての自分が歩む今後の道に確実に影響すると思っている。

「教師の醍醐味は担任をすることにある」、そう言っていつまでも最前線に立ち続ける先輩教師たちもいる。しかし、白髪交じりの頭で子供の輪に入っていく彼らを見ていると、自分の父親よりも遙かに年上の〝おじいちゃん〟先生に対して、子供たちの方が戸惑っているように秀人には見える。先輩たちはどこか無理をしているように思える。「自分はあそこまで子供好きではない」、この十年間で秀人はそのことを自覚していた。髪に白いものが交じる頃には校長室に入って、ゆったりした椅子に座っていたい、本音のところではそう思っている。そのためにはまず校長から高い評価を得て、教育委員会の目に留まらなくては何も始まらない。

やらなくてはいけないことは山のようにある。卒業式の合唱は、自分のクラスから失敗する子を出してはいけない。子供たちに手渡す記念文集も見栄えのするように仕上げなくてはならない。保護者はそういうものに敏感だし、それは教師としての秀人の評価に直結する。それに四月になればすぐに六年生の学力テストがある。学校ごとの平均点や県内順位が校長の最大の関心事だ。その意を汲み、秀人は今年の六年生が受けた試験問題を詳細に分析して、一つ下の五年生へ継続的に指導を行ってきた。その最後の仕上げを入念にして好成績を出せば、それはそのまま自分の大きな実績になる。この校区にいるのかいないのか分からないような子供にこれ以上関わり合っている時間はない。

一段低く作られた駐車場まで歩いてくると、秀人は自分の車に乗り込む前に顔を上げて、水嶋斗馬（とうま）という名の子供が住んでいるはずのアパートをもう一度見上げた。しかし、一階の角部屋は南面の黒い雨戸が閉まったままで、中の気配は全く窺い知ることができなかった。

ふと、斗馬の部屋からかすかな音が聞こえたような気がした。だが、目を凝らし耳を澄ましてみても、雨戸が夕陽に鈍く光っているだけで何の変化もない。秀人は視線を戻すと少しだけ心を残しながらドアを開けて車に乗り込んだ。

*

明滅する文字の羅列が自分に迫ってきて、なぜか輪郭があやふやになったと思っていると、次の瞬間自分の額がパソコンの液晶画面に当たっていて目が覚めた。文字を打ちながら一瞬眠ってしまったらしい。

笹野麻衣（まい）は冷蔵庫の上の時計を眺めた。午前七時。終夜勤務を終えて帰宅し、早々にパソコンを立ち上げたが、もう一時間も経ってしまった。この課題レポートを早く仕上げないと貴重な睡眠時間がさらに短くなってしまう。今日の出勤時には必ず提出するよう、店長から昨夜きつく言われた。居酒屋チェーンを手広く展開するこの会社では、社員には薄い手帳のような「経営理念集」が渡されている。社員は、それを読んで感想を定期的にまとめなくてはならない。明日の朝、夜通しの店の営業も未明の片付けも終了した後、つまりこの会社の言葉で言うところの「通し明け」に、近隣のグループ店からも社員が集まってきて今月の

「研修会」が行われる。各店長はその時までに自店の社員全員のレポートを読み込んで、そこに課題とアドバイスをたっぷり書き入れておかないと、本社の幹部の前で大恥をかくことになる。だから目をつり上げて麻衣たちに厳しく当たってくる。もっとも店長にしたって、店が昼間のランチ営業も始めてからは満足に家に帰れない日が続いている。やっと体を休められる早朝の数時間だけ、店の土間にキャンプ用のマットを敷いて寝ていると、血走った目で自嘲気味に言っていた。それを思えば、文句を言うことなどできっこない。

我が社の社員は全員が家族です。家庭の中には、もちろん「労使」も「組合」もあるはずがありません。社長の言葉をまとめたものだという理念集の一節を抜き出してそのままパソコンに入力する。続けて、「こんな温かな雰囲気の会社で働くのが私の夢でした。入社できて本当に幸せです」と「感想」を書きんでいく。徹夜勤務の疲れのせいで、わずかな文字を打つのにも何度もミスタッチをする。思い通りに動かない指先が腹立たしい。

昨日は午後三時に店に入った。勤務時間は本来は五時からだが、飲食業では仕込みがあるのだから早く出て来るのが当たり前なのだと会社から言われている。店が開いてしまえば、あとは午前三時の閉店まで客が全く途切れることはない。従って、調理場の片隅で貧しい賄い飯をかき込むわずかな時間以外、従業員は休憩もろくに取れない。昨日のような早番の時は、午前一時になるとタイムカードを押す。と言っても、この時間に帰れるわけでは決してない。命じられたことをやっていると終電を逃すことになり、あとは「待機」と称して居残り。いきおい、あれこれ手伝わざるを得ない。しかし、カードは押してあるから残業代が加算されることはない。そして午前三時、店がしまっても電車はまだ動いていない。深夜バイトが担当することになっている店の片付けをまた手伝いながら、始発電車が動き出すのを待つことになる。借り上げ社宅のアパートを電車でしか通えないところに選んだのも、会社の策略の一つのように思えてくる。

働くことはすなわち生きることです。「たいへん美しい言葉だと思います。私はまだ二十六歳ですが、社長はじめ経営陣の皆様のご指導の下、こういう確かな考えを持って人生を歩んでいきたいと思っています」。「感想」に本音を記すわけにはいかない。「就職氷河期」と言われた時代、大学を出てやっとのことで就職した会社はたった三年であえなく破綻した。新卒者でさえなかなか正社員にたどり着けない状況の中、中途採用の応募者を冷たく意地悪く見下す人事担当者の視線に何十の会社で耐えた挙げ句、ようやくもぐり込んだこの会社、絶対に辞めるわけにはいかない。またあんな就職活動をするのはまっぴらだ。今の時代、ここで社員の立場を手放したら、あとはずっと非正規として生きていくしか道はなくなる。

何か聞こえたような気がした。カサカサと壁でも引っ掻くような乾いた小さな音。それにか弱い人の声？　麻衣は台所の両側の壁を交互に見る。両隣の部屋にどんな住人が住んでいるのか、それすら全く知らない。早朝に帰宅し昼下がりには出勤する、たまの休日は疲れ切って泥のように眠る、それをただ繰り返しているだけの毎日。隣人の顔を見る機会などあろうはずがない。

頭が重い。しつこい眠気が脳をしびれさせている。それだけでなく、頭の回りに鉄の輪でもはまったような重さがある。底なし沼に足を取られたように、気分がどこまでも沈み込んでいく。

「無理」という言葉はない。途中で投げ出すから「無理」になる。やり遂げれば、それはもう「無理」でなくなる。入力しながら指先が細かく震えるのが分かる。何が何でも文句を言わずに働けと言うのか。ああ、頭が重い。死にでもしないと仕事からは逃げられないと言うのか。溶けたバターのごとく、座っている椅子から溶け落ちて床板の間に吸い込まれていくように、気持ちが重く暗く沈んでいく。スイッチが切れたように、麻衣はテーブルに突っ伏した。こんな意味のない言葉をパソコンに入れて何になるのだ。歯の間から嗚咽(おえつ)が漏れた。こんな空疎な言葉に「感想」を付けたレポートが何になるのか。そんなものを皆の前で読み上げ店長の助言をいただく「研修会」とは一体何なのか。会社に雇い続けてもらいたいがためにずっと押さえつけてきた思いが、熱いマグマのように噴き上がってきた。一度その奔流がほとばしり始めると、それはもう止めようがなかった。涙が次々とあふれ出て手の甲を濡らし頬を伝った。もう嫌だ。今の私は「社畜」そのものだ。心の底から嫌だと思う。しかし、貴重な「社員」の立場は手放せない。それが切ない。どうしてここまでしなくてはいけないのか。もっと普通に生きることは許されないのか。泣けて泣けてしかたがない。この後のたった数時間の睡眠の後、果たして今日も店に行くことができるのだろうか。

隣の部屋から、またかすかな音が聞こえていた。しかし、それは止めどなく泣き続ける麻衣の耳を虚しく通り過ぎていった。

＊

水嶋剛介（ごうすけ）は迷っていた。駐車場に車を駐めたものの部屋に入る決断ができず、もう十分ほども車の中で逡巡している。

助手席のシートの上には、コンビニで買ってきたおにぎりやサンドイッチ、飲み物の入ったポリ袋が置いてある。これを斗馬に届けなくてはいけない。腹を空かせて待っている息子に早く食べ物を与えなくてはいけない。それは充分に分かっている。しかし……。

妻が出て行ってやがて二年になる。「買い物に行ってくる」、夕方そう言い残して部屋を出たまま、妻はいつになっても帰ってこなかった。剛介も妻も二十五歳の春のことだった。三歳になったばかりの息子と二人、このアパートに残された。トラックの運転とは言っても、剛介の仕事は近距離の定期便だから長期に家を空けることはなかった。仕事帰りに弁当や総菜を買い、時には自分でも台所に立って飯を炊き汁を作り、斗馬と二人で食べた。しかし、そんな日々は長くは続かなかった。やがてどこからともなく妻の消息が聞こえてきた。隣県の街で新しい男と暮らしているという。剛介はおもしろくなかった。馬鹿にされたようで腹が立った。一緒に暮らしていた頃、げんこつで殴った妻の頬の感触が、足で蹴り上げた尻の柔らかさが脳裡に蘇ってきた。たまらなく人肌が恋しくなり、外へ遊びに出た。キャバクラで騒ぎ、スナックを飲み歩いた。そして、お定まりの結果のように沙織（さおり）という新しい女ができた。

その間、斗馬は置き去りにされた。保育園にも通わせず、食事の世話もどんどん不規則になった。息子は健康を損ねつつあった。次第に痩せていき元気がなくなった。身長も年相応の背丈には到底達していない。

沙織の部屋で暮らすようになって、もう半年ほどになる。独身だと偽ってきたから、今さら斗馬を連れて行くわけにはいかなかった。仕事帰りにアパートに立ち寄り、弁当や菓子を置いてくるという生活になった。それすらも、女の待つ暖かい部屋へ早く帰りたいがために欠かしがちになっていく。毎日届けていたものが、週に五日になり、一日おきになり……斗馬に食べ物が届かない日が増えていった。

斗馬はますます痩せた。自分で立って歩くのもおぼつかないほど衰弱した。大きな声を出すことすら叶わない。病院へ連れて行く必要は感じたが、いまさら医者にこの状態を見せれば間違いなく虐待を疑われると保身が先に立った。外にさまよい出て人に見られても、役所に通報される恐れがある。居間の戸に鍵を取り付け、中からは出られないようにした。雨戸を閉めたまました、声が漏れないように窓や戸を目張りした……剛介も、こんな生活がいつまでも続けられるとは思っていなかった。のっぴきならない事態に至ることは予想できた。それでも、やれるところまで続けて、その間楽しめばそれでいい、漠然とそんな風に思っていた。

玄関のドアを開け、居間の戸に付けた鍵を開けた。心を奮い立たせるようにして引き戸を開けると、居間の中からどっと異臭が流れ出た。食べ物の腐った臭い、体についた垢の臭い、それに犬小屋に頭を突っ込んだような動物の臭い、それらが混ざり合って鼻をついてくる。足を踏み入れると、足裏で菓子の包装紙がいくつも重なって乾いた音をたてた。ナツメ球だけが灯った薄暗い部屋の隅からかすかな声が聞こえた。敷きっ放しの布団の上で、やせ細った斗馬がか細い声を発していた。骨に皮だけを張り付けたような顔や、関節の太さだけが目立つ腕をまともに見ないように視線を巧みに外しながら、傍らにおにぎりの袋をそっと置く。

「斗馬、ここに食べ物あるからな。たくさん買ってきたぞ、腹いっぱい食べろ」

それだけ言って背を向けた。

「パパ！　パパッ！」

父親を何とか呼び止めようとする弱々しい声が背後から聞こえた。剛介は瞬時足を止めた。しかし次の瞬間、意を決したように足早に部屋を出ると、きつく目を閉じたまま居間の戸を閉めた。「パパーア」、耳の奥でか細い声が尾を引いている。細い棒のようなあの腕には、おにぎりの袋を破る力は残っていないだろう。食べ物を手に持つことすらできないかもしれない。ああーっ。臓物まで吐き出してしまうような深い息を一つついてから戸に鍵をかけた。部屋の中で、またかすかな物音がした気がした。剛介は大きなため息をもう一つついてから、ガムテープを手に取り、戸の隙間に目張りを始めた。

*

五月三十日午後三時頃、A市化野（あだしの）のアパート一室に子供とみられる白骨死体があるのをA署員が発見した。県警は翌三十一日、当時五歳だったとみられる息子を死亡させたとして、保護責任者遺棄致死容疑で、父親のトラック運転手水嶋剛介容疑者（33）を逮捕した。死体は長男の水嶋斗馬ちゃんとみられ、七年前の春ごろに餓死したと思われる。県警は室内に散乱した大量のゴミの日付から死亡時期を推定した。

「毎朝新聞」

「澤田、ちょっと来い」

夕刊に載せる記事を何とか締め切りに間に合わせて、やっと昼食にありつけると記者クラブを出ようとした澤田大樹（だいき）は、キャップの下井謙也（けんや）にきつい声で呼び止められた。

「お前、今からA市に行け」

実に単刀直入な指示、そしてその指示を大樹はある程度予想していた。今日の朝刊でとりあえず一報だけを載せた幼児餓死事件は、その衝撃的な酷薄さから、各社地方版では収まらず、ベタ記事であっても社会面で扱った。昨夜の県警発表が遅く、今朝の紙面は警察広報部の流した内容の裏を取るのでせいいっぱいだったが、今日はどの社もそれに少しでも肉付けする独自情報を集め続報を出そうと必死なはずだった。

「逮捕された父親のガン首は地元の通信局の奴が取りに行ってる。こっちからは昨夜のうちに斎藤を応援に出して、A署に張り付かせた。お前も行って『地取り』をやって来い」

大樹は新聞記者になってまだ二年目。しかも最初の数ヵ月は本社での研修や販売店での実習があったから、県庁所在地のこの支局に配属されて、まだちょうど一年でしかない。一人前の記事が書けると胸を張る自信は自分でもないし、取材の仕方もまだまだ戸惑うことが多い。今の話では、地元通信局駐在のベテラン記者がこの事件の容疑者の顔写真を何とか手に入れようと、今ごろ親戚・友人宅を訪ねては記念写真などを貸してもらえないかと頼んで回っているところだろう。そしておそらくは、こんな場合に無神経だとなじられ拒否されるのみならず、場合によっては怒鳴られるという辛い取材を行っている姿が脳裡に浮かんだ。さらには、斎藤先輩がA署の広報担当の副署長を署内でも自宅前でもべったりとマークしている姿も。そこへ自分も加わり、現場周辺の聞き込み取材をやれということなのだ。

「分かりました。でも、今夕の県警の追加発表はどうしますか」

「それはこっちで記事にしておくから、容疑者周辺をしっかり嗅ぎ回ってネタを見つけてこい。これも一人前の記者になる勉強のうちだ」

デジカメとノートパソコン、それにノートやスマホの詰め込まれた鞄をつかむと県警記者クラブを出た。結局、昼食は食べそびれたままA市へと国道を急いだ。

十五時から市役所内でA市教育委員会の会見があった。斎藤の方は警察署を出ずに捜査の進展を見張ることを電話で確認した上で、澤田が市役所へ向かった。市教委の会見は予想した如く型どおりのものだった。曰く「大変痛ましい出来事に心を痛めている。今回の対応に関しては改めて精査中だが、今のところ問題があったとは認識していない。今後、このような問題の再発防止には万全を期したい」、何か事件があった時、どこの役所もとりあえず出すありきたりの所感だった。低姿勢を装い、今後の対策を口では約束しつつ、自らの落ち度は決して認めない。

「市教委は、このアパートに就学していない児童がいることを把握していたんじゃないんですか」

会見で大樹は質問した。

「そうは認識しておりませんでした。当該児童の小学校の入学にあたり、教員に家庭訪問をさせていますが、居住が確認できず、『転居した模様』との報告を受けております」

市の教育長は眼鏡を光らせながらそう答えた。

「しかし、その子供は実はその部屋の中にいた。と言うよりも事実上軟禁されていたわけですよね。住民票の異動があったのかなど更に確認するべきじゃなかったんですか。調査が甘かったとは思いませんか」

問う大樹の声にはかすかに怒りの色が含まれていた。

「ご承知だと思いますが、最近では住民票を動かさずに転居するというケースが間々あります。たとえば、借金の追及をかわすため転居先の住所を知られたくないからといった場合もあります。ですから、必ずしも住民票で分かるというものでもないのです」

還暦過ぎに見える教育長の口ぶりには、若い大樹の知識を侮る気配があった。それはそうなのかもしれない、しかし、だからと言って住民票の動きを確認をしなかったことを正当化する根拠にはならない。市教委は粛々と仕事を進めてきたし今も対応している、そんなアリバイ作りのための会見でしかないように思われた。

夕刻に現場のアパートを訪れた。死体の発見された角の部屋の前は、今も「立ち入り禁止」と記した黄色い規制テープが貼られたままだった。テレビ局のクルーが二組、ドアや南面の雨戸を背景にそれぞれカメラを回しており、この事件が世間に与えた衝撃の大きさを物語っている。大樹は、隣室の玄関チャイムを押してみた。角部屋の様子を隣人に訊いてみたいと思った。しかし、応答はない。南側に回ってみると、隣室のベランダには驚くほど大量の洗濯物が干されていた。現場で働く男が身につけるような衣服や靴下、下着が、二本の物干し竿がしなるほどにつるされていた。

駐車場に出ていた「入居希望者様はこちらへ連絡を」の貼り紙で知ったアパートの管理会社を訪ね、毎朝新聞の名刺を出すと応対に出た女性事務員に、露骨に「またか」という顔をされた。

「新聞の方は、もう三社目ですわ」

地域密着の個人経営店なのであろう、街の不動産屋然とした初老の男が、社長の名刺を出しつつ苦笑を浮かべながら取材に応じてくれた。

「家賃をちゃんと払ってくれてましたからね。途中には何度か契約更新もありましたけど、それも問題ありませんでしたし。だから、こちらとしては部屋の中まで立ち入るような理由も必要もなかったということですわ」

子供が死んで七年もの間、どうして気づかなかったのかと大樹が問うと、社長は少し表情を硬くして答えた。

「部屋代の支払いという点から言えば、優良借り主だったということですな。もちろん、郵便物が溜まりがちだということは巡回している社員からは聞いていました。しかし、入居時の資料では仕事はトラック運転となっていましたから、それも無理ない事かなくらいにしか考えませんでしたね」

「でも、最初の資料では住んでいるはずの奥さんが、いつのまにかいなくなったのは承知してみえたのですか」

「いや、私たち管理会社はオーナーさんと借り主さんの間に立って室料のやり取りや部屋の明け渡しが円滑にいくようにお手伝いをするのが仕事です。確かに入居に際して家族構成も尋ねますけど、警察じゃありませんから、その後もそれを調査しているわけではありませんしねぇ。それに別居や離婚なんて今やざらにありますでしょ。子供さん連れて出て行かれたのかなって思っても、そんなこと私らが下手に立ち入れる話じゃありませんよ」

社長の話はもっともにも思えた。隣室の住人について尋ねると、ある会社の借り上げ寮になっているとだけ教えてくれた。

「お隣さんへの取材は止めてくださいよ。ただでさえ、この間から騒がしくなって迷惑してるんですからね」

と、先手を打って釘を刺された。

暗くなると、もうアパートに取材陣の姿はなかった。大樹は駐車場の隅に車を駐め、隣人の帰りを待ち受けた。コンビニで買ったパンをかじって朝食以来何も食べてない腹をなだめていると、五、六台の自転車が集団で帰ってきて隣室の前に停まった。男たちが大きな声で盛んに何か喋っている。大樹は社長の言葉など忘れて、名刺を手に近づいていく。

「毎朝新聞ですが、ちょっと話を聞かせてください」

と語りかけると、男たちの動きが止まった。きょとんとした表情。ひと言ふた言、互いに言葉を交わす。中国語。そう、男たちは中国人だった。そのうちの一人が仲間たちから押し出されるようにして進み出た。

「あの、何か、用ですか」

独特の抑揚のたどたどしい日本語、おそらく、この中では一番日本語のできる男なのだろう。

「私は、新聞の記者、です。あなたたちは、中国の方ですか」

相手の会話力が分からない、大樹はゆっくりと区切って話す。

「ハイ、中国人、私たちみんな中国人。ケンシュセイ、真面目なケンシュセイです」

ケンシュセイが研修生のことだと合点がいくまでに少し時間がかかった。「外国人研修制度」で来日した中国人たちであるらしい。

「あなたたちは、この部屋に、何年間、住んでいますか」

「一年と少しです。私たち三年経つと、中国帰ります」

「隣の部屋で、子供が死んでいたのを、知っていますか」

そう尋ねると一度に表情がこわばり、顔の前で手を振るばかりで話さなくなった。

「妙な臭いがするとか、感じたことはありませんでしたか」

もう質問を変えても無駄だった。一度閉じた心は容易には開かない。

「私たちケンシュセイ。中国人。ケンシュセイ、何も知らない」

そう繰り返すばかりだった。
何のネタも拾えず、大樹は支局に帰った。

> A市のアパートで当時五歳と見られる男児の死体が見つかった事件で、父親の水嶋剛介容疑者は斗馬ちゃんが亡くなった後も、事件の発覚を恐れて七年間家賃を払い続け、部屋を借りたままにしていたことが分かった。また、警察の調べに対して、窓や戸の隙間に目張りをして臭いが漏れるのを防いだとも自供していると言う。
>
> 「毎朝新聞」

翌日の朝刊には、大樹が裏を取った家賃の件と、県警の発表した供述内容を伝える記事が出た。大樹はその日、学校関係を訪ねて回った。事件が発覚したのは、水嶋斗馬という子供が入学して来ないのを中学校が不審に思ったことがきっかけとされていた。そこから、関係する学校や機関の間で連絡を取り合い、児童相談所を通じて警察に相談したことで事態が明るみに出た、と県警は発表していた。

中学の教頭は、入学予定者の名簿に水嶋斗馬の名前があったのに入学して来なかったから小学校に問い合わせたと説明した。

小学校を訪ねると校長は、小学校入学時に登校する気配がなかったので学年主任が家庭訪問をしたところ、名簿の住所に居住している形跡がなかった、その旨教委に報告したと当時の校長から聞いたと答えた。

市教委の課長は、当時小学校からの報告を受け当該生徒が既にその住所に居住している実態はないと理解したが、市からの転出手続きがなされていないため、就学すべき子供の名簿には形式的にでも残さざるを得なかったと説明した。

児童相談所では、副所長が取材に応じてくれた。

「児相さんから警察に連絡されたことが発覚につながったのでしたよね？」

「おっしゃる通りです」

定年間近と思われる年齢の副所長は、大樹の質問に丁寧に答えてくれた。

「しかし、警察に頼もうと判断された理由が今ひとつよく分かりません。だって、市教委をはじめ関係者はみな、水嶋斗馬はもうこの市には住んでいないと見ていたわけでしょう？名簿に形式的に名前が残してあるだけだと。それなら別に警察に持ち込む話ではないのではないですか？」

「いやいや、どうもこの件は話がいろいろ錯綜しておりましてね。こんなにあやふやなんだったら、これは一度警察にお願いして現地をちゃんと確かめておいた方が良いぞという判断になったのですよ」

いくぶん上目遣いに答える副所長の表情はどこか苦しそうに大樹には見えた。しかし、角度を変えて尋ねても彼の答えが変わることはなかった。納得できないものを残したまま取材は終わった。

アパートを再び訪れた。隣の部屋はやはりチャイムに応答がない。ベランダには昨日と同じで大量の洗濯物。中国人研修生たちは今日も仕事に出かけたのだろう。一階の他の三部屋と二階の部屋のチャイムを片っ端から押して回る。いずれも応答も人の気配もない。話の聞けそうな人を求めて近所を歩く。まだまだ田んぼも残っているような区域で人家は少ない。テレビの音が漏れてくる戸建て住宅のドアフォンを押す。新聞の記者だと名のると、「アパートの人のことでしょ、うちとは全くお付き合いはありませんから存じません。お顔も分かりません」と、インターフォンの向こうでにべもなかった。

とっぷりと暮れた初夏の宵、通信局の記者に調べてもらった住所をたどり、大樹は児相副所長の自宅前に車を駐めていた。一時間ほど経った頃、自宅へと歩いてくる副所長の姿を認め車外に出る。路上で突然近づいてきた男が昼間の記者だと分かり、副所長の顔に驚きの表情が浮かぶ。

「こんなところまですみません。もう少しお話を伺いたかったものですから」

大樹の挨拶に返してきた言葉は、もう穏やかなものだった。

「『夜討ち』って言うんですか、記者さんの世界では。でも、それは県庁や県警の偉い人のところへ行くもんでしょう？」

軽く笑顔を返しておいて大樹はいきなり核心に切り込む。

「なぜ警察だったのか、どうも納得がいきません。そのあたり、本当は何かあるんじゃないんですか？」

副所長は柔らかい表情で大樹を見つめ続ける。しかし、その目は鋭く駆け出しの若い記者を値踏みしているように見える。しばらくの沈黙の後で口を開く。

「記事にしないって約束できますか？」

大樹が返答に詰まっていると、

「そんなこと言ったって無理ですよね。と言うより、もともと記事になるような話じゃないんですけどね」

と、何か吹っ切れたような表情で言葉を継いだ。

「電話があったんですよ、匿名の。『アパートのあの部屋を調べて欲しい』ってね」

思いがけない話に戸惑っているうちに、副所長が自然に話し出す。

「電話を受けた事務の者が私につないだので、私自身が直接話しました。『何か良くないことが起こっている気がするから、ぜひ調べて欲しい』って言ってました」

「名前は訊いても名のらなかったのですか？」

「ええ、名のりませんでした」

「男ですか女ですか？　年のほどは？　出て行ったままになっている母親の可能性がありますか？」

「いや、男でした。年は、あなたと私の間くらい、つまり若くもなく年寄りでもない。きちんとした話し方をする人で、決してイタズラ電話なんかじゃないって、すぐに直感しましたよ」

「で、その電話が警察に相談する決め手になったと？」

副所長の表情が少しだけ険しくなった。

「その言い方は正確ではありません。この件はそもそもから曖昧でした。各機関はそれぞれが為すべき最低限のことはしたのかもしれないけれど、結果としてそれが互いにつながらず、よく分からない状態で放置されていた。そのことが改めてはっきりしたから警察に依頼したのです。さっきお話しした電話は一つのきっかけでしかありません」

自分の父親ほどの年齢の男を、大樹は見つめた。

「しかし、副所長の心の中では、その電話は大きく作用したのでしょう？」

副所長はしばらく考えた後で、言葉を選びながらこう言った。

「あの電話の人はねぇ、何か後悔しているみたいに思えたんですよ。何かを反省し悔いているような、そんな気配の電話でした」

軽い笑みさえ浮かべながら副所長は続けた。

「お若いあなたには理解していただけないかもしれないけれど、定年前にもなるとね、いろいろな後悔があるんですよ。ああしておけば良かった、これもやっておくべきだったってね。だから私もどこか気に掛かったんですね、あの電話が」

「児童相談所の副所長にまでなられたのに、後悔があるのですか」

大樹は素直な気持ちで言ったつもりだが、副所長はぎこちない苦笑いを返した。

「あの電話は、かつて水嶋斗馬君に関わったことのある者からだったんじゃないかって気がしたんですよ、その時。医療とか保健所とか……学校の先生かもしれないなぁ。とにかく決していい加減に扱ってはいけない電話に思えた。それで、私の判断で警察に相談しました」

何かを吐き出すようにそう言ってしまうと、もう先ほどまでの一人の「ひと」としての表情は消え失せ、

「それじゃ、これで失礼しますよ。もうお話しできることはありませんから」

役人の顔に戻ってそう言うと、自宅の玄関へと向かって行った。

大樹は結局この電話の件を記事にはできなかった。

> 六月十六日、地検はトラック運転手水嶋剛介被告（33）を殺人罪で起訴した。地検は、著しく衰弱した長男が死亡することを認識しながら、医師の診察を受けさせず、必要な食事を与えずに放置したのは、「未必の故意」による殺意があったと判断した。起訴状によると、被告は当時五歳だった長男をアパート室内に閉じ込め、ごくたまにしか食料や水を与えなかった結果、栄養失調に陥らせて殺害したとされる。遺体はそのまま七年にわたって放置されたが、今年五月三十日A署員によって発見された。
>
> 「毎朝新聞」

水嶋斗馬が三歳の時に家を出たまま音信が絶えていた母親美月（みつき）の居所が分かった。夫と別れて一人暮らしをしている自分の母親の元で、ここしばらくは同居しているらしい。水嶋剛介が起訴された翌日、大樹は県内の離れた町に伊川慶子（いがわけいこ）という五十五歳の〝祖母〟を尋ねた。

薄いベニヤの玄関ドアが並び、その間から同じ数のトイレの臭い抜きが煙突のように突き出ている、時代の流れが止まったような棟割り長屋。「伊川」の表札の掛かった部屋のブザーを押した。ドアを開けた赫（あか）い髪の中年女に来意を伝えると無言のままドアを閉じようとした。閉じられる寸前の隙間に自分のつま先を差し入れ、美月さんと話がしたいと懇願する。

「娘は出て行ったよ。あんたらがうるさくするもんで居辛くなっちゃったんだよ！」

ドアが強く内側に引かれる。

「美月さんは水嶋剛介と離婚していたんでしょ？」

「あっちは離婚して欲しがってたけど、こっちは了解できないね。さんざん殴られ蹴られた挙げ句に『ハイ、サヨウナラ』でバツイチじゃ割が合わないじゃないか！　ちゃんと慰謝料を払うまでは判子押させないよ、あたしゃ」

「美月さんには斗馬君を引き取る意志はなかったんですか？」

「馬鹿言ってんじゃないよ、娘なんてあちこちの男に夢中で、子供なんてひりっ放しさ！男と別れた時だけここへ帰ってくる。それがまた出て行っちまった。あんたたち『マスゴミ』のせいだよ！」

ドアノブを双方からつかみ合って引っ張り合う攻防が続く。

「伊川さんが斗馬君の面倒を見るって手はなかったんですか？」

「あたしだって生活保護なんだよ。あんな娘の子供を世話する義理がどこにある！　あんたら何様だ、人の生活に口出しする権利なんかないだろ！」

いきなり傘の先らしきもので大樹の靴先が突かれる。思わず足を引いた隙にドアは閉じられ、二度と開くことはなかった。記事にできるようなネタをつかむことなく、大樹は遠い道のりを虚しく支局へ帰った。

隣室で暮らしていた住人に話を聞きたいと、大樹はずっと考えていた。今いる中国人研修生たちではなく、当時隣に住んでいた人に確かめてみたかった、本当に斗馬君の気配はなかったのか、本当に何も聞こえなかったのか、関わり合うのが嫌で黙っていたのではないのか、その無関心が五歳の子を死に追いやったのではないのかと。それは記者としての職業的な興味を超えたものだった、事件を追いその実像が浮き上がってくるにつれ、人としてそれを問うてみたいという思いが強くなっていった。

警察は既にその住人から一応の事情聴取を済ませた模様だが、その氏名等は一切公表しなかった。仕方なく、アパートの管理会社に日参して尋ねたが、人の好さそうな社長の口は意外に堅かった。

「お客さんの情報は守らないとね。悪いけど、これ商売の基本ね」

年若い大樹を侮ってか、人を食った顔でそう言ってカウンターの向こうで笑っている。一週間も通った頃、大樹は考えてきた変化球を投げてみた。

「あんな事件があると、あのアパートも大変ですよねぇ、お宅の会社もオーナーさんも。いろいろ噂も立つだろうし……」

社長は心底嫌そうな顔になった。

「まったくねぇ、頭痛いよ。こういうことがあると、私たちは次の入居希望者に事実を告知する義務があるのよ。もう、あの部屋はどれだけきれいにリフォームしてどれだけ値下げしても絶対に誰も入らないよね。隣や真上だってダメだろうし……他の部屋だって、出て行くって言い出した人多いんだよ」

「それじゃ、結局は建て替えるしかないのかな。オーナーさん大打撃ですね」

「うちだって一緒さ。仲介手数料も管理料も入ってこなくなるし、その上妙な評判でも立っちゃうと大変だしね」

「評判って?」

大樹の質問に社長は大げさな身振りを交えて答える。

「あそこの管理会社は入居審査が甘いとか日頃の巡回が手抜きだとか……根も葉もないことを言う奴がいるのよ、世の中には。まっ、あの『風評被害』みたいなもんだね」

「そう言えば、今日うちの社のカメラマンが来て現場の写真を何枚も撮っていきました。明日の朝刊に載せるって言ってたけど。それに、お宅の社名の入った貼り紙なんかが写り込んでいると、管理会社がどこだったか読者に分かっちゃいますよね」

大樹はありもしないデタラメを並べる。上目遣いにじっと大樹を眺めていた社長がぽつりと言った。

「あんた、若いのに嫌な人だねぇ」

立ち上がるとロッカーを明けて、並んだファイルの背を見ている。と、一冊を抜き出しページをめくる。しばらく凝視して内容を確認すると大樹に向き直る。

「アパートの写真、社名入りは絶対ダメよ、分かった？」

大樹が黙って頷くと、接客カウンターの上にそのファイルを開けて置いた。

「私はここに置いただけだからね」

内ポケットから手帳を取り出す大樹を見るまいとするかのように、社長は後ろを向いた。

他県まで取材に行きたいとデスクに申し出ると、いきなり怒鳴られた。

「駆け出しの半人前が『出張』取材ですか？　いいご身分ですねぇ！　冗談も休み休み言え！」

それでも、取材の意図を説明し、デスクはいつも「頭で書くな、足で書け！」と言うじゃないですかと抗弁すると、苦々しげな顔で言った。

「旅費は出してやる。しかし平日はダメだ、仕事をしろ。新聞休刊日の前日に行け」

と、勤務日の出張は許可が出なかった。

笹野麻衣とはファミレスで待ち合わせをした。管理会社で知った住所に電話をすると、

「娘は結婚したので、もうここにはいない」と告げられた。こちらの身分、取材の意図を包み隠さずに話した。母親らしい女は、「娘に訊いてみる」といって電話を切ったが、ずいぶん経ってから、教えた大樹のスマホに麻衣本人がかけてきた。麻衣の名字は「小森」に変わっていた。

初めて会う小森麻衣は、三十歳代半ばのややポッチャリになりつつある、どこにでもいる主婦という印象だった。互いに飲み物を注文してから、取材に応じてくれた礼を大樹はまず述べた。

「私にまで連絡をしてきたのは、警察の人以外では毎朝新聞さんだけでした」

話し始めた麻衣の顔には硬さがあった。

「この事件が明るみに出た直後だったら、私、絶対にお断りしていたと思います。警察の人とお話しするのも嫌でしたから」

滑らかな口調では決してなかったが、麻衣はやがて自らの意志で話し出していた。

「でも、新聞なんかで事件のあらましが分かってきて、考えが変わったんです。それで今日の取材、お受けしました」

大樹は取材ノートを広げ、最も確かめたかった点から訊き始めた。

「七年前、あなたが住んでいたアパートの隣の部屋には水嶋斗馬という当時五歳の男の子がいた。それをご存じでしたか？　人の声とか、聞こえませんでしたか？」

「結論を言えば、全く知りませんでしたし、その子の声を聞いた憶えもありません。斗馬ちゃんだけでなく、反対隣の住人のことも顔も名前も知りませんでした」

「お互いに引っ越しの挨拶とかなかったんですか？」

大樹は少し突っ込んで尋ねてみる。麻衣は肩を落としてため息をつく。

「当時、私は一杯いっぱいの状態でした。十分な睡眠が全くとれていませんでしたし、気持ちも落ち込み感情も不安定で……今にして思えば、ほとんど鬱病だったと思います。自殺を考えたこともありましたし……とても隣の部屋のことを気にしている余裕はありませんでした」

「立ち入った質問になりますが、そんな状態になったのは何か個人的な理由のようなものがあってのことでしたか？」

「個人的というか……原因は仕事です。当時勤めていた会社は、本当に従業員に辛く当たる会社でした。残業代も出さずに長時間働かせ、その上気持ちの悪くなるような社員教育をして会社中心の考え方に従業員を洗脳していく、そんな中で私はボロボロになっていました」

麻衣の告げた会社名は大樹を驚かせた。

「ブラック企業として悪名の高い会社じゃありませんか。創業者は議員かなんかになったけど、会社は散々批判にさらされてずいぶん業績を落としているはずですよ」

「ええ、今なら私も絶対に入社しません。でも、当時はそこしか入れてくれるところはなかったし、絶対辞められないって頑張っているうちにギリギリのところまで行ってしまいました」

「でも、そんな会社から、よく抜け出すことができましたね」

麻衣はアイス・ティーのグラスから顔を上げて大樹を正面から見た。

「兄が救ってくれました。時々しか出していなかったメールや電話からでも、私が尋常でなくなっていることを察知してくれて、飛んできて退職届を叩き付け田舎へ連れて帰ってくれました。その時の私はもう抜け殻のようで、ただ泣いていただけだったそうです、正直、自分ではほとんど憶えてさえいないのですけどね」

少し恥ずかしそうにうつむき、また飲み物に視線を落とした。

「私は幸せでした。しっかりした兄がいて、私を救い出してくれましたし、こちらでは縁あって優しい人に巡り会え、結婚することもできました。もう二人の子供にも恵まれました。本当に幸せです」

ずっと聞いていた大樹も、つられて安堵のため息をついた。しかし、それだけに隣室の不幸とのコントラストがどうしようもなく無情なものに思われてならない。

「私は周りの人たちに救われました。救っていただきました。だから、そのことにはずっと感謝してきたつもりです、兄にも両親にも夫にも子供にも。しかし、今回の斗馬君の悲しい亡くなり方を知って、少し考え方が変わりました」

「と言われますと……」

「感謝することは大事ですが、それだけじゃなくて、私も誰かを救わなきゃいけないって思うようになりました。自分が救ってもらったように、自分にも救える人がいるかもしれないって」

自分も誰かを救わなくてはいけない……その言葉そのものの自然な美しさは大樹の胸に滲み込むようだった。救いのない今回の事件の取材では、暗く重苦しい話に出会うばかりだったが、初めて見えた一条の光明のように思えた。

「それで、私に何ができるかって考えて、でも大したことができるわけはないから、結局始めたのは『ママ友サークル』なんです」

麻衣は恥ずかしげに言う。聞き慣れない言葉に大樹は首を傾げる。

「要するに子育て中のママさんたちがお喋りする仲良し会みたいなものですけどね。育児中のお母さんたちって、中には自分だけで大変さを背負い込んじゃって苦しむケースがありますよね。それをみんなで話し合うことで解決したり軽くしたりできないかなと思ったんです」

「でも、特定のメンバーだけの閉鎖的な集まりになっちゃうとダメなんで、みんなで『声かけ運動』をしようとしているんですよ。赤ちゃんや幼児の声が聞こえたら、知らない家でも勇気を出してピンポンして、こんな集まりに来ませんかって伝えるんです。健診で一緒になったお母さんは、知らない人でもこんどこんな会がありますよって誘ったり、子供はすぐ大きくなるからベビー服やおもちゃなんかも融通しあったり……一人では恥ずかしくてできないことも、何人かいると不思議とできちゃうんですね。まだ始めたばかりでメンバーも少ないですけど、一人で悩むママさんが少しでも減ればうれしいんですけどね」

その活動の飾らないささやかさがかえって好もしく思えた。一度は自殺まで考えた人間が、人を助けようと何かを始めたことが、聞く者の胸を温かくした。

「今日、記者さんにお会いすることにしたのも、私がお話しすることがひょっとしたら誰かの役に立つかもって思ったからなんです、たぶんただの思い上がりでしょうけどね」

麻衣は、はにかんでうつむく。

「ありがとうございました。私も、おかげで救われた気分になりました」

大樹は、自然と頭を垂れ心からの礼を述べた。麻衣がかえって怪訝そうな顔をした。

取材で出会った人々のことを一つの記事にまとめた。小森麻衣の話を中心に、匿名の電話の話も、それを知らせてくれた副所長のことも、管理会社の社長のことも、迷惑の掛からな

い形で盛り込んだ。デスクに見せると、

「これは使えんな」

即座にそう言われた。

「これは、事実をストレートに伝える記事になってない。だから普段の紙面には載せられない」

プリントアウトした紙を机に置くと、デスクは赤鉛筆を手に取った。

「しかし、ジャーナリストの心は感じる。悪い文章じゃない。この記事、俺に預けろ」

そう言って大樹の顔は見ずに記事に赤を入れ始めた。

数日後、大樹の記事は全国版の『記者の手帳から』というコラムに載った。各地の記者が交替で、それぞれの視点から関心のある事件の追跡・分析をしている。ベテランの記者が筆を執ることが多い。「斗馬の叫び」と題した、入社二年目の新米記者が書いた記事がその欄に載った。もちろん、澤田大樹の初めての署名記事であった。

雨ぞ降る

電車のスピードが上がるにつれて、窓の向こうの夜景はどんどん後ろに流れていく。線路の両側に広がる大小の家々にはそれぞれの家庭の光が明々と灯っている。一つひとつの家に何人かずつの家族が住んでいて、ワタシのような中学生もいたりして、毎日笑ったり怒ったり時には泣いたりしているんだろうな、吊革にぶらさがるようにしてぼんやりと窓の外を眺めていたサヤカは、少ししんみりした気分になってそんなことを思っていた。

高校生だろうか、チラホラと交じる浴衣姿の娘たち、いつもより二目盛りほど大きな甲高い話し声、連れだった者の肩を叩き顔の前で手を振るはしゃぎぶり……港であった花火大会から帰る客でほぼ満員の車内には、興奮の余韻がまだ色濃く残っていた。夜空に次々と描かれる大輪の光の輪、連続して押し寄せる内蔵を揺さぶるような破裂音、その度にことさらな嬌声を上げて跳びはね手を握り合った。中学三年生らしくサヤカも先ほどまでは友人たちと夏の夜を楽しんでいた。その光景や響き、そして興奮は今も心の中にはっきりと残ってはいたが、サヤカは自分の心が早くも冷め始めているのを感じていた。

心の中に重石（おもし）のようなものがある。じわじわと気分を圧迫してきて、サヤカの心を暗く深い淵へと引っ張っていこうとするものがある。高校受験の重圧、いやそれはまだ半年も先のことだ。女子のグループ同士のいざこざ、これは永遠に終わらない。いつも感じている重圧ではなく、今日花火大会に行く前に見たことが、いつまでも抜けない棘のような痛みを伴いながら心を押さえつけてくる。それに瑠音の言ってたこと。楽しいはずの花火の日なのに、いやな一日だった。そう思いながらサヤカは電車を降りた。

◎山下俊作

散々な一日だったな。花火見物の帰りらしい浮かれた表情の若者で混み合う電車の中を見渡して、山下俊作は心の中で苦々しくつぶやいた。週末で世間は楽しくやっているというのに、いやおうなく休日出勤せざるを得ない状況になっている。くたくたに疲れた身体で電車に揺られて帰る我が身が哀しい。おかげでこの週末は東京の妻や子供たちの元へ帰ることもできなかった。いやそれどころか、こんな事態になってしまっては、休みの取れる日などこの先果たして来るのかどうかさえあやしく思えてしまう。空いた席に腰を下ろし、一日分の汗を吸った上着を膝の鞄の上に置いて、俊作は左手でネクタイの結びを緩めた。

俊作が勤める化学工場では、一週間前に爆発事故があった。熱交換機のメンテナンス中の出来事で、五人の作業員が命を落としその倍以上の数の怪我人が出た。それ以降、当然ながら工場はずっと大混乱の中にある。工場長をはじめとする幹部や工程管理担当者は消防や警察の現場検証に立ち会い取り調べを受け、技術系社員は被害の有無にかかわらず全てのプラントを安全に運転停止させるべく工場内を走り回っている。庶務担当者は事故直後は死者や怪我人の搬送から家族への連絡、そして葬儀や入院の支援にと工場内外を走り回り、広報担当は連日の報道対応に追われ蒼い顔でピリピリとしている。法人営業の俊作たちはと言えば、まず主力製品のシリコンを納めている半導体企業各社を回って操業停止の詫びを入れた。

「大変申し訳ありません。しばらくシリコンが納入できない事態になりました」

うちの製品が供給されるのを見越して同一市内に進出してきた企業だった。言わば見えないパイプでつながる身内だと思っていた。

「うちは、ご承知のようにこれ見よがしの『カンバン方式』は採っていませんから、在庫は一週間はあります。それまでは持ちこたえられます。しかしそれ以降もシリコンが供給されないとなると、当社も操業停止を余儀なくされます。当然大きな損失を出すことになり、ステークホルダーが納得する説明が必要になります。御社に損害分の負担を求めることになるやもしれませんので、予めその旨ご承知ください」

そんな問答の間に、俊作のみぞおちの辺りがギュルギュルと鳴った。胃液が内臓の壁を浸食している様が見て取れるようだった。

同じ市内にある電機メーカーを訪ねて頭を下げた。

「作業を下請けだけに任せていたのですか？」

「点検の詳細なノウハウを伝達していなかったのですか？」

どれも的を射た指摘だった。コストの削減を考えるあまり、安全に対する配慮が不十分だったのは、部門の違う俊作の目にも明らかだった。しかし工場幹部はそれを認めることはない。あくまでも予測できぬ出来事、事故は不可抗力という認識で乗り切ろうという覚悟だった。厳しい批判を浴び続ける企業回りが連日続いた。

それが一段落した今は、この販売減による損失額を試算して東京の本社と連絡調整する作業に忙殺されている。当局からの操業停止命令がどれだけの期間で解除されるのかといった不確定要素も多く、事故と関係のなかったプラントから運転できた場合はどうなるかなど選択肢も多様で計算には複雑な要素が絡み合い、それもまた頭の痛い、そして気が重くなる作業だった。

工場全体が一種の狂奔状態にあった。ともかくこの混乱から抜け出さねばならぬ、そんな思いで各々が当面する職務に血眼で取り組んでいた。しかしもう五十歳を幾つも超えた俊作には、それは苛酷な毎日だった。八月も下旬に入ったとは言え連日のように猛暑日が続く。ここ数日食欲はめっきり落ちて身体は重かった。単身赴任のアパートで過ごす夜の眠りは浅く、頭には靄(もや)でもかかったような不快感が常に残っていた。来春は東京への異動がかなうのだろうか、今の仕事にやりがいを感じないわけではないが、こんな生活に自分は退職までのあと数年耐えることができるのだろうか、電車に揺られながら俊作はそんなことを考えていた。

「高校に入ったくらいかな」。ふと目を上げると、座っている俊作に背を向けて通路に立つ若い女の子の後ろ姿が目に入った。大学の三年生になった娘の春菜(はるな)よりもまだ若い。やはり花火を見に行った帰りなのだろうか、いかにも友達と遊びに出かけましたというカジュアルな服装である。フリルがついた黒白模様のブラウスに包まれた細い身体はまだ幼さを感じさせる。しかし、黒く光る生地の短いスカートで覆われた腰の脹(ふく)らみは女としての確かな成熟も感じさせる。「あの腰に触れてみたい」、唐突にそんな強い衝動が浮かんできた。生命力に満ちた若い腰を抱き柔らかな尻に触れたら、ボロ布のような今の気持ちが少しは安らぐように思えた。自分の身体の中に澱(おり)のように重く溜まっているものが、吸い取られるようにすーっと消えていくのではないか、そんなふうに考えていた。その心地良さを頭の中で思い描いた次の瞬間、自分の思いつきのあまりの破廉恥さに我ながら驚愕した。「エロ親父の発想じゃないか」、「痴漢で逮捕されて全てを失うぞ」、「実の娘よりも若い子供相手に何考えてるんだ」、頭の中のいつもの自分が苦笑いしながら諭している。俊作も自分の心根の醜さが恥ずかしく感じられ、また春菜の大学へ払う授業料の額や自分の肩に乗っているものの重さを思い出し、座席の上で大きく深いため息をついた。

だが、やがて俊作には馴染みのない無人の駅に電車が停まり、その女の子と二、三人の乗客がドアに向かった時、俊作は何かに誘われるかのようにフラフラと立ち上がってしまい、出口に向かう少女の跡を追って歩き出していた。


駅の周りを覆う夏の闇からは、獣の匂いがする。数段の階段を下りて駅前の道路に降り立った時、サヤカはそう思った。歩き始めるとホーム上を照らす灯りはすぐに届かなくなり、生臭く濃い闇に身体が包まれた。花火の背景には星が瞬いていたが、いつの間にか空は雲に覆われたようで、心なしか空気されも重くなったような気がする。すぐに雨が来るな、サヤカは足を速めた。

肩から掛けたポシェットの中でスマホが鳴った。沙恵(さえ)先生からだった。一気に気持ちが重くなる。しかし、担任からの電話を無視するわけにもいかない。

「今どこにいるの?」

沙恵先生はそう訊いてきた。駅から歩いて帰るところだと答えると、「会いたい」と言う。今からですかと不審げに答えると、妙に熱のこもった声でまだ学校にいるからどれほどもかからずに行けると言う。話の中身が想像できるようで断りたかったが、しかたなく「幹線道路に沿って歩いているから、車から見つけて拾ってください」と返事をした。だって、会わないと沙恵先生がますます壊れてしまうように思えたから。

◎宮村沙恵

とにかくサヤカと会う段取りはできた。宮村沙恵はひとまず安心すると、次に口止めをする方法を考え始めた。何か理屈をつけるか、しかしあの行為をどうしたら正当化できるのか、やはり同情を誘う泣き落としやしかないのだろうか。大人びたサヤカなら分かってくれそうな気もするが。

「宮村先生、まだ帰らないんですか？」

鞄を持って立ち上がった岩瀬先生が、職員室の向こう端の一年生担当学年団のシマから訊いてくる。

「ええ、まだ明後日の研究授業の準備ができていないもので」

慌てて、ろくに見てもいなかった机上のパソコン画面を見つめる振りをしながら答える。

「そうか、先生は月曜日に提案授業をされるんでしたね、指導主事やらも来るし教員相手に授業するんだから、そりゃ準備が大変だ。それにしても夏休み中に研究授業だ研修会だと詰め込まないで欲しいですよね。ただでさえ部活の指導や書類仕事で忙しいのにねぇ」

「そうですね。でも先生のようなベテランの方と違って、私なんか採用されてまだ二年目ですから覚えなきゃいけないことがたくさんあって良い勉強になります」

沙恵はとりあえず無難な答え方をしておいた。

「いやー、今の若い先生は真面目で優秀ですな。僕らの若い頃は何事ももっと大雑把でしたよ、まぁ世の中全体がそれで済んでいたんですけどね。しかし先生、今日は朝からバスケ部の練習だったんでしょ。それでこの時間まで仕事じゃ身体を壊しますよ。晩ご飯もまだなんでしょ？」

「ええ、ありがとうございます。でもこのプリントだけ仕上げたら私も帰りますから」

若い教師だけ残して先に帰ることに、人の良い岩瀬は若干の後ろめたさを感じていたに違いない。沙恵の言葉に安心した様子で後事を託す。

「校内の戸締まり点検は当番の一年生担当の者でもう済ませましたから、最後に職員室と職員玄関の施錠、そして警備保障のスイッチを入れてくださいね。先生、暗証番号はご存じでしたよね」

あくまでも親切に、最後に学校を出る者の手順を教えてくれてから、「さあ、ビールが待ってるぞぉー」とうれしそうな声を上げて岩瀬は職員室を出て行った。その後ろ姿を見送りながら、こんな人が教頭なら私だってあんな事はしなかったのに、そんな悔やんでも仕方のないことが心に浮かんだ。

沙恵が顧問をしている女子バスケット部は崩壊寸前の状態だった。と言っても、部員は充分な数がいるし、その技量も極めて高く部員同士の仲も悪くない。問題は、練習でも試合でも顧問の指示を聞こうとしないという点にある。そもそも、この地域は小学生を集めたミニバスケットが盛んでスポーツ少年団のチームが幾つもある。熱心な指導者も多くいて、中には全国大会でも勝ち進んだチームもあり、その保護者たちの熱の入れようも尋常ではない。そんなチームで育った子供たちが中学に進み、学校の部活としてのバスケット部へ当然入ってくる。生徒たちは自らの力量に自信を持っているが、幼さゆえにそれはともすれば傲慢さにつながりがちだった。また、強くして実績を残して欲しいという保護者や地域の指導者からの要求や批判も厳しいものがあった。沙恵の前任の顧問は学生時代にバスケをやっていた男性教師だったが、生徒や保護者と衝突を繰り返した。練習の内容を指示しても、生徒たちは地域の指導者から習った練習をやりたがった。部員と話し合いを重ねても、体育教師ではない顧問を子供たちはどこか軽く見ていたし、保護者を集めて実情を話し理解を求めても、うちの子供たちがめざすレベルは進学校で片手間にやった先生のバスケとは違うのだと暗に匂わされ、逆にもっと練習試合に出かけろ、県外遠征にも連れて行けとせっつかれた。二年間、そんなごたごたを繰り返した挙げ句、その青年教師は「もう生徒に愛情を持てなくなった」と言って転職をしていったそうだ。

教員になったばかりの沙恵は、二年生の担任とバスケット部の顧問を命じられた後で、そんな経緯を聞かされた。だから、飾らず力まず「私はバスケの素人です」と正直に話していくスタンスで臨もうとした。練習内容は生徒たちがキャプテンを中心に相談して決めれば良い、先生は引率や怪我の対応というサポートはするけどバスケのことは分からないから、そう言った。それこそが自主性を育てる部活動だと思った。最初の顔合わせでそう話した時、部員たちの顔には不安と侮りの表情があった。幼い頃から、バスケットと言えば与えられた練習メニューの通りに身体を動かすものだと思ってきたし、大声で指示され時には罵声を浴びせられながら走り回るのがスポーツだと信じてきた子供たちの目には、新しい顧問は「若くて頼りない異星人の女」としか映らなかったようだった。

その方針を伝え聞いた保護者たちからすぐに批判の声が上がった。「学校はちゃんと指導のできる先生をつけるべきだ」、「バスケが専門の顧問を連れてきて欲しい」。中学時の部活の成績次第で高校から推薦の声がかかったり、スポーツ特待生の優遇があったりするご時世だから、幼い頃からこれこそが娘の「個性」だと信じて育ててきたものを、さらに少しでも伸ばして将来の進路の確保に役立てたいという親たちの願いは切実で強かった。部活動は勉学の傍ら趣味でやるもの、そんな沙恵のとらえ方は赴任早々すぐさま書き換えを要求された。専門家の配置については、翌春の人事異動では何とか実現させたいと校長が約束してなだめたが、「宮村先生もバスケの勉強してください」、「ルールも分からない顧問なんてあり得ない」、「仕事なんだから練習メニューくらい指示できなきゃ給料泥棒だ」……そんな要求や批判にさらされた最初の一年だった。そして今春、バスケの指導実績のある教師を連れてくることに校長が失敗すると、保護者の学校批判は一気に高まっていた。

「あのボールははっきりと私を目指して飛んできた」、沙恵は今日の午前中の練習を思い出していた。二人ずつが組になってのシュート練習をやっていた。ドリブルやパスを繰り返してゴール下に迫る。そこでは沙恵がディフェンスに入っている。素人だった沙恵も一年余の辛く不愉快な経験の中で必要に迫られて、ある程度は練習に関われるようになっていた。ゴール下で見ていると、近づいてくる二人の動きがつぶさに見える。キャプテンの瑠音は群を抜く技量を持っている。しかしそれに溺れがちで、その時もドリブルが長く、ディフェンスを引きつけ過ぎたせいで自分の動きが苦しくなっているように見えた。

「瑠音、パスが遅い！　ボール持ち過ぎ！」

沙恵がそう叫んだ次の瞬間、瑠音は別方向へフェイントをかけておいてから、味方を見もせずにノールックのパスを出した。しかしその強いボールは自分のペアには向かわず沙恵の方へ飛んできた。不意を突かれ、かするくらいの距離で危うく顔をよけてからボールの来た方を見ると、瑠音のきつい眼差しがあった。「素人が偉そうに分かったようなことを言うな！」、その目の奥には明らかにそう書かれていた。

午前中の練習を終えて職員室に戻った時、教頭に相談をした。生徒の自主性に任せる方針で臨むと批判を受けた、素人なりに努力をして指導をしようとすると侮られ受け入れられない、自分ではもう限界だから部顧問を換えて欲しいと申し出た。自分が学生時代にやってきたソフトテニスを持ちたい、文化部でも指導できると思う、とにかくバスケット部にはもう自信がない、そう訴えた。

「ソフトテニス部はずっと樋口先生がやってみえて良い成績をあげているんですよ、顧問を換える理由がないじゃないですか。他の部に換えて欲しいって年度末にも言ってみえたけど、その時もお話ししましたよね、最低三年はやっていただかないと何も分かりませんよって」

教頭はいらだちを隠せない様子で、パソコンの画面からろくに視線を外さないまま答えた。しかし今の状況は生徒にとっても良くないと思うと沙恵は食い下がった。

「宮村先生、あなたももう二年目だ。昨年は初任者に対する指導教員もつけて手厚く皆で育てたんだから、もう自分で努力して解決して行かなきゃいけないんじゃないですか。頑張って成長してください、期待していますよ」

ようやく沙恵の方を向いて、わざとらしく作った教え諭すような表情をした。しかし沙恵は、生徒が従わないのは背景に保護者の不信感があるからで、そんな中ではこれ以上指導する自信がない、そう告げた。すると教頭は、椅子を軋(きし)ませながら身体を回して沙恵の顔を覗きこんだ。

「宮村先生、先生に良いことを教えてあげましょうか。今や教師はサービス業ですよ。もはや『指導』なんかしていちゃダメなんですよ。生徒も保護者も顧客なんですから」

噛んで含めるように言うその「良いこと」の意外さに、沙恵は言葉を失う。

「子供にも親にも、いつもにこにこ『ハイ』『ハイ』。部員は車であちこち運んでやって、その都度飲み物やアイスでも買い与えておけば万事ＯＫですよ、一度やってごらんなさい」

そう言って、またパソコンに向き直る。

「『指導』なんかしてもしなくても、どうせ結果は一緒ですよ、今の教育の状況じゃ。地域に熱心な指導者がいたら部活は勝てる。校区に良い塾があれば成績は伸びる。それだけのことですよ。それなら毎日ムキになる必要もないでしょ」

何も言えないままの沙恵に背を向けると、

「ああ忙しい。この報告、今日が締め切りだから教育委員会まで持って行くしかないか、遅れると睨まれるしなぁ」

そう独り言のようにつぶやきながらキーボードを叩き続けた。

夏休み中、体育館やグラウンドは各部が交替で使う。午前中がバスケなら午後はバレーというように。だから教師の半数は常に部活を見ていて職員室に残っている者はそれほど多くない。午後遅く、他の教師がそれぞれ出払い、沙恵だけが職員室に残る時間帯があった。研究授業のためのプリント作りに倦んでお茶を入れようと席を立った時、教頭の机上にノートパソコンが出しっ放しになっているのに気がついた。帰宅時は机かロッカーに鍵をかけてしまえ、盗難防止用のワイヤーをつけろと職員には口やかましいくせに、教頭のパソコンにはワイヤーなどついておらず、電源はさすがに落ちているものの閉じられてすらいない。教育委員会の見込みが悪くなることがよほど怖いのか、慌てて作った報告書を手に、今頃は市役所の何階かでペコペコと頭を下げているに違いない。

薄っぺらな男だなと思った。自分の父親に近い年齢だが、教頭のことがそう思えた。あんな考え方の人間がやがて校長になり現場を管理していく。教育って、学生の頃から思い描いていたほどおもしろいものではないのかもしれない、ふとそう思った。そんなことを考えた瞬間、手が無意識のうちに動いた。腕を教頭のパソコンの上に伸ばして、持っていた湯飲みを傾けた。今入れたばかりのお茶がキーボードの上に静かに注がれ、並ぶキーの間に吸いこまれていった。

不思議な爽快感があった。やってやったと思った。自分をないがしろにする奴に目にもの見せてやったと思った。やんわりと目を閉じて、下半身から湧き上がってくる快感を味わっていた。

動くものの気配を感じて目を開けた。入り口の引き戸の向こうに人影があった。嵌め込まれたガラス窓の額縁の中に一人の女子生徒の驚いた顔があった。うちのクラスのサヤカだった。「見られた！」と感じると同時に痛みのような後悔が襲ってきた。バカなことをしてしまった。見てはいけないものを見てしまったことが分かったのだろう、サヤカが足早に走り去る足音が聞こえる。こんな事を口外されては堪らない。何とかして口止めをしなくてはいけない、沙恵はそう考えていた。


誰かが後をついてくるような気配がした。何度か振り返って見ても、街灯のない歩道の上は黒々とした闇に包まれているばかりで見極めがつかない。しかし、サヤカが歩き出すと後ろでコツコツと人の足音がするように思える。

明々とした光に包まれたスーパーが見えてきた。救われた気分になって、何の用もなかったがサヤカはその店の中へ駆け込んだ。

◎沢野大輝

「今回はもうかばい切れないね、三度目なんだよ。どうやら君はこの仕事に向いていないよ。月末で辞めてもらうから。寮の部屋も来月からは空けてもらうからね」

そう言い切った施設長のいつになく厳しい表情が頭の中でぐるぐる回っていた。来月からどうやって暮らせばいいのか、何よりも寮を出されたら一体どこに住めばいいのだろう。アパートを探し、新たに敷金やら礼金やらを払うだけの余裕はない。またネットカフェ暮らしに戻ってしまうのか。沢野大輝（だいき）は強い焦燥を感じた。すれ違う車のライトが顔を照らしてくる。その眩しささえも無性に腹立たしい。いっそ、このライトバンでコンビニにでも突っ込んでやったら、いつも自分を胸苦しくしているこの胸のつかえが取れるのではないか。次第に濃くなる夜の闇の中、大輝は施設から無断で乗って出てきた社用車のハンドルを握りながらそんな事を考えていた。

一時は天職を見つけたとさえ思った。知的障害者の作業所に職を見つけて働き始めた時、世間とは違うゆっくりした時間が流れていることに驚いた。人を急かしたり追い立てたりしない。できないことを咎めず、わずかなことでもできたことを見つけて誉めてあげる。ハンデを持つ利用者を温かく扱う施設のそんな雰囲気は、働く側の大輝の心までもほぐしてくれるようだった。時給払いのアルバイト採用だったが寮にも入れたし、夜の当直を頻繁にこなせば暮らしていけるだけの収入にはなった。何より、初老の施設長が「研修を受けて資格が取れるようなら、いずれは正職員にも……」と言ってくれたのがうれしかった。初めて希望を持つことができたような気がした。

三十歳になるまで、どの仕事も長く続けられなかった。専門学校で情報技術を学び、二十歳で出身地からは離れたこの街の小さな広告会社に入った。シスアドの資格を取っての採用だったのにコンピュータに関わる業務は少なく、地元の事業所や飲食店を回ってタウン誌の広告を取ることが日々の仕事だった。仕事を変えてくれと上司に願い出ると、「うちの会社の規模で、システム構築もくそもあるか。入力してレイアウトして印刷屋に出稿できたら、それで充分なの。それより広告がなかったらおまんまの食い上げなんだよ！」と一喝されて、三ヵ月で辞めた。その後は、勤めては辞めるの繰り返しだった。新卒時に入ったところを早々と辞めた者の履歴書を見る目は厳しく、ハローワークの検索機でも探したし求人サイトに登録もしたが思うような仕事には出会えなかった。自分の力が発揮できない、自分の能力が活かされていない、どこで働いてもそんな不満がいつもあった。いつまでも腰の定まらない息子に業を煮やした親とは疎遠になるばかりで、今更援助を頼めるわけもなかった。電子部品工場の期間工として働いていた時、同僚と口論になった。自分だけが理不尽に責められ咎められていると感じ、「辞めてやる！」と職長の前で啖呵を切って工場を飛び出した。作業服のままパチンコで無理矢理時間をつぶして自室に帰ると、寮監がさっそく給料の精算書を届けに来て翌日中の退寮を言い渡された。もちろん寮費や食費はキチンと引かれていたし、着ている作業服も返すように言われた。

ホームレスなんて、自分とは関係のない、我が身には起こり得ないことと思っていた。しかし、明日住む部屋がないという状況になってみて、路上生活までの距離は実はどれだけもないのだということが身にしみて分かった。当たり前のように送ってきた生活は、実は蝶の羽のように脆くて壊れやすい。一旦沈没を始めた船がもはや行き所のない海底に着底するまで、それほどの猶予はないことを思い知った。職を失ってみると、世の中の人たちの働く姿に目が行く。今まで気にも留めなかったコンビニの店員、郵便の配達員、ゴミ収集車の係員、道路工事の交通整理員、それぞれ一体どれくらいの時給で働いているのだろうと気になる。ビジネスホテルでは続かないので、シャワー付きのネットカフェを見つけナイトパックで数泊した。それでもどんどん減っていく所持金に焦っていた時、昼間の時間を潰していたショッピングモールの情報掲示板で偶然この施設の求人を知った。

最初は本当に快適だった。障害を持った利用者の生活を介助し共に軽作業をするという仕事は、手づかみで食事をする人に驚かされたり失禁をしてしまう人の後始末に追われたりという面倒さはあったが、さほど労力がいるわけでもなかった。何よりも人を助けているという意識は大輝が今まで味わったことのないもので、初めて自分に自信が持てたような気にしてくれた。

春の遠足に出かけた時だった。昼間だけ来るデイ利用者のための送迎用バスは朝夕を除けば空いているので、施設に入ったままで外出の機会が少ない入所メンバーを連れて市内の公園へ散歩に行った。ちょうど桜の季節で花を楽しむ人たちに交じって、職員が車椅子を押したり手をつないだりして一団になって歩いて回った。途中、サトルさんが飲み物の自販機を見つけてしまった。サトルさんは大輝と同じ年くらいだが重度の自閉症で、特定のものへのこだわりがとても強い。とりわけ、自販機を見るとお金を入れさせ何本でも取り出さないと気が済まない。その癖が分かっているから、機械の姿が目に入らないように職員がその方角を遮る形で歩いていたのに、他の利用者の呼びかけに相手をしている隙に見つけてしまった。

「ジュース！　ジュース！」、案の定、腕を組んで歩いていた大輝を振り払うようにして駆け寄っていき、機械の前面に顔を擦りつけて叫ぶ。利用者は今日はそれぞれお小遣いを持ってきているから、背中のデイパックから財布を取り出して、サトルさんの手を取って小銭を機械に入れてやる。音をたてて出てきたジュースのタブを開けると、その狭い飲み口に指を入れて熱くないことを確かめて、一口だけ飲む。そして自販機の前に置くとまた「ジュース」と叫びながら機械を叩く。振動で警報装置が作動してしまうのではないかと気が気ではないので、次の硬貨を手に握らせ納得させてからまた入れる。出てきた缶にまた一度だけ口をつけると最初の缶の隣に並べる。それが三度繰り返された。切りがないので腕を取って自販機から離そうとするが、サトルさんは叫びながら機械にしがみついた。並んだ缶の中身を捨ててから、大輝は力尽くでサトルさんを引き剥がしにかかった。他の職員は女性か再雇用の高齢者だったから、自分がやるしかないと思った。襟首を掴みグイと引きずるようにしてバスへ連れて戻った。人を制圧する快感のようなものも、心の片隅には確かにあった。

「市役所に通報があったそうです」

翌日、施設長から呼び出された。

「今は『障害者虐待防止法』という法律がありましてね。虐待を見かけた市民はそれを通報できるんですよ。うちの若い職員が公園で障害者に暴力をふるっているのを見た、そういう通報だったそうですよ」

大輝はもちろん事情を説明したし施設長もサトルさんの性癖はよく理解していた。

「こちらとしては必要な行為であっても、部外の第三者からは暴力に見えてしまうことはあるでしょうね。起こりがちな誤解かもしれませんね。市には私から始末書を出しておきますから大丈夫ですよ。ただ、そういう法律もありますから、今後頭には入れておいてくださいね」

年配の施設長はそう言っただけだった。手荒過ぎた、笑いながら引きずって行った、他の職員の間ではそんな声が上がっていたということを大輝は後になって知った。

二度目に注意を受けたのは、ケイタ君を叩いた時だった。ケイタ君は昼間だけ通ってくる利用者で、支援学校を卒業したばかりだ。自分で電車にも乗れるが言葉は使えない。機嫌が悪いと、顔見知りの男性にだけ時折加害行為をする。近寄ってきて喉元を指で突いてくる。それを注意すると唾を吐きかけたりもする。大輝もそのことは聞いて知っていた。しかし、ケイタ君が不意に近づいてきて、人差し指を真っ直ぐに伸ばして迷わずにのど仏の下を突いてきた時には驚いた。さほど痛くはなかったが一瞬身体が強ばった。「ダメッ！」、思わず強い口調で言っていた。叱りつけるきつい口調がケイタ君は嫌いだ、パニックを起こしてしまう、それも他の職員から聞いていた。しかし自分への初めての行為で面くらった大輝は、反射的に言ってしまった。即座に唾の塊が飛んできて額にべっとりと張りついた。「こらっ！」、カッとして大きな声を出していた。ペッペッペッ、ケイタ君は真っ赤な顔で飛び跳ねながら唾を吐き続ける。細かな飛沫が顔全体にかかる。やっぱり自分はここでも軽く見られているのではないか、そんなふうに思えて余計に腹が立った。

「ええ加減にせい！」

怒鳴り声とともにケイタ君の頬が鳴った。平手打ちをしてしまっていた。他の利用者の対応をしていた職員たちが飛んできて、首を振りながら大輝の手を押さえた。すぐに施設長の前に呼び出された。

「相手は障害のある人なんですよ。そこを重々理解した上で仕事をしてもらわなきゃいけません。パニックを誘発してはいけないし、どんな時も冷静に対応しなくては」

言われる通りだと思ったから素直に謝った。カッとしてしまい大人気なかったと自分でも思っていた。

「ケイタ君の保護者には電話で良いですから謝罪してください。私たちの施設は利用者の方々から『利用していただいている』のだということをくれぐれも忘れないでくださいね」

呆れ気味の施設長の前で黙って頭を下げた。梅雨でじめじめと雨が降り続く日の出来事だった。


昨夜のことは、それほど悪かったとは今でも思っていない。サチコさんは知的障害に加えて身体の麻痺もあるので常に車椅子が必要だ。もうすぐ六十歳になる年齢で入所生活も長いらしいが、保護者も高齢なので滅多に施設には来ない。サチコさんはお喋りだ。うれしいことや気になることがあると興奮して異常なほど多弁になり、それは容易には止まらない。実際は、いくつかの単語の意味がまれに分かるくらいで話の大方は意味不明なのだ。しかし何度も訊き返すと怒り出すので、職員は仕方なく「そうだね」「うんうん」と相槌を打つしかない。本人にしたら伝えたいことがあるのかもしれない、誰彼なくつかまえては大声でいつまでも話し続ける。昨夜、大輝は夜勤だった。もう一人の職員と手分けして三十人の入所者の就寝準備をしていた。歯を磨き、着替えをさせ、薬の必要な人にはそれを飲ませ、ベッドに入るのを確認して回る。

「着替えてベッドに移ろう」と言っても、サチコさんはきかなかった。まだまだ話し足りないのだろう、大輝の腕をつかんだまま車椅子から離れない。彼女の持ち物の中から安定剤を取り出して飲ませた。もちろんすぐには効かない、サチコさんはまだ喋り続けている。

「他の人を見てくるからね」

そう言って、つかまれた腕を振り払って他のベッドへ回った。ようやく全員の就寝準備を終えても、サチコさんのいる部屋からは大きな声が聞こえていた。同室の誰かに話しかけているらしい。

「うるちゃいっ！」

カズヨさんの怒鳴り声がする。見に行くと、サチコさんが車椅子でタエさんのベッドに近づいて盛んに話しかけている。タエさんには状況を理解する力はないので、ベッドの上で意味もなくニコニコしているだけだ。わずかだが言葉の使えるカズヨさんは、隣のベットの上で目をつり上げて怒っている。「もう寝る時間だよ」、話しかけてもその言葉はおそらくサチコさんには理解できていない。あっけらかんとした表情でタエさんに話し続けている。車椅子を押して自分のベッドに戻そうとするといっそう声を大きくして怒る。いつまでも続く話し声に、他の部屋でも入所者たちがざわつき始めた。サチコさんを静かにさせなくてはいけない。大輝は、また安定剤を取り出した。さっき飲ませたばかりだとは分かっていたが、今度は倍量を飲ませた。所詮眠り薬なのだから、大した副作用もないだろうと思った。嫌がるのを無理矢理ベッドに移し、しばらく相手をしているうちに目が光を失ってきてサチコさんは眠った。

今朝になって、服薬管理のために入所者の薬を点検していた看護師が、サチコさんの安定剤の減り方に気がついた。当直だった二人に事情を訊かれたので、大輝は正直に経緯を話した。また施設長に呼ばれた。

「安定剤のオーバードースの危険を知らなかったのですか」

今までに聞いたことのない冷たい声だった。何十錠も飲むわけではないのだから、たった数回分くらいなら問題はないと思った、そう答えた。

「考えが安易過ぎます。過量服薬で吐き気を催す場合もあります。身体が自由に動かせない人なんですよ、睡眠中に吐いて喉に詰まらせたら命に関わるところでした」

黙っている大輝の目を見つめながら、こうも言った。

「あなた、相手は障害者だという思いがどこかにありませんでしたか？　もしあなたの兄弟や恋人が相手でも、同じ行為をしましたか？」

返事のしようもなくうな垂れていると、重い声で解雇を告げられた。障害者を相手に働くのは向いていないとも言われた。


雨になるのだろうか、車のガラス越しにも空がどんよりと重くなってきたのが分かる。

「ちぇっ、バカにしてやがる！」大輝は口に出して罵った。施設長の理屈には返す言葉がなかった。障害者を軽く見る気持ちがあったのか、そう訊かれれば、確かにあったと思う。相手が自分より劣った者だと思うから、助けてやろう世話をしてやろうという気になれたのだ。自分が人より優れた者のように思わせてくれたから、この職場に満足していたのだ。その考え方は間違いだと言うのか。

いずれにしても、また職なしの家なしだ。どうして暮らしていけばいいのだ。どうして世間は俺の能力を評価しないのだろう。どうして俺という人間を受け入れないのだろう。腹の底から怒りが湧いてきた。ネットカフェで縮こまって寝るのはもう嫌だ。コンビニで残りの金を気にしながら一番安い弁当を買うのはもう飽きた。何もかも、もうどうでも構わない。どうせ自分がこの世の中に受け入れられることはないだろう。我慢して生きても仕方ない。おもしろいことをしてやろう。

道路脇の歩道に黒っぽい服装の少女の姿が見えた。無意識のうちに、大輝の足はブレーキペダルの上に乗っていた。

エアコンの効いたスーパーから出ると、空気はいっそう湿っぽく感じられた。雨が降り出す前に家に着きたい。サヤカは足を速めた。もう跡を追ってくる足音は感じない。しばらく行くと街灯が途切れる。夏の濃い闇に身体が包まれる。心細さが心に兆す。自然と歩みが小走りになる。

追い越していった白い車が減速したようで赤いブレーキランプが光る。沙恵先生だろうか。いや、先生の車はライトバンじゃない。またスマホが鳴った。画面に「ＬＩＮＥ　早川瑠音：こんばんは」と表示が出ていた。

◎早川瑠音

どうしてあんなことを言ってしまったのだろう。早川瑠音は激しく後悔していた。

「私、沙恵先生を追い出してやるつもりなんだ」

瑠音はサヤカに自分の企みを教えてしまった。花火大会の解放感が口を軽くしたのだろうか。バスケの仲間とショッピングモールの屋上に花火を見に行ってサヤカとばったり出会った。バスケと体操で部活も違っていたし今年はクラスも違ったが、同じ小学校の出身で気の合う子だった。

「宮村先生ってバスケの顧問でしょ、部活ではどう？」

昼間の熱を充分に吸った屋上のコンクリの上に並んで腰を下ろし、打ち上がる花火を見ながらかき氷を食べていた時サヤカが突然訊いてきた。

「どうって？」

その意味を瑠音が問い直すと、サヤカは言葉を濁した。

「うーん、ちょっとね、心配なことがあるの」

サヤカの表情が曇る。何か気にかかることがあるらしい。担任教師のことを心配するなんて真面目なサヤカらしいと思った。しかし、沙恵先生に生徒から心配してもらうだけの価値があるのだろうか。

「私は沙恵先生のこと嫌い」

瑠音ははっきりと言い切った。

「だって頼りないくせに先生ぶってあれこれ言ってくるし、ウザい。うちの部活じゃ誰も先生だと思っていないよ」

話しているうちに激してきた瑠音の激しい口調にサヤカは呆気にとられていたが、なおも担任をかばう。

「でもお姉さんみたいだし、一生懸命やってるじゃない」

「頑張ってるだけじゃダメなんだよ、だって一応先生なんだから」

瑠音は憮然としている。ひときわ大きな尺玉が上がり、夜空に明るい花が広がって流れ落ちた。

「私ね、バスケ本気でやってるの。勉強好きじゃないし、バスケで高校にも大学にも行きたい。だから先生があんなのじゃ困るの」

部活の仲間にも話したことはなかったが、瑠音はずっと前から自分の道を決めていた。ミニバスのコーチにも期待され、父や母もそう望んでいた。私にはこの道しかないのだ、ずっとそう思ってきた。

「だからね、私、練習で毎日わざと先生を怒らせようとしているの。挑発して腹を立てさせて、顧問を辞めるようにし向けているの」

悪事を告白するように小声で話した瑠音の言葉に、サヤカは「そうなんだ」とだけ答えた。悲しそうな顔だった。そしてしばらく経ってから、「だからか……」とつぶやいていっそうつらそうな顔をした。

サヤカと別れた途端、瑠音の後悔が始まった。軽率だった。いくら話の合うサヤカでも打ち明けるべきではなかった。真面目で堅いサヤカは、意地の悪い瑠音の行動を沙恵先生に告げるかもしれない。そうなれば、沙恵先生だって教師のプライドがあるだろうし大人しく黙ってはいないだろう。かえって、バスケ部の中心選手としての自分の立場が危うくなるかもしれない。調査書におかしな事を書かれたら高校のスポーツ推薦が受けられなくなるかもしれない。バカなことを言ってしまった。忘れてくれと直接サヤカに頼んだら、彼女はどう思うだろうか。

バスケの仲間と別れてから、翔太と会った。隣町の高校に行っている三つ違いの兄の同級生。兄が紹介するような形で、瑠音が中三になった頃からつき合い始めた。

「どうした暗い顔して」

明るく訊いてくれる翔太に訳を話した。

「先生のこと、正直好きじゃないけど、ちょっと大げさに心にもないこと言っちゃったみたい。私、悪い子みたいに思われちゃうね」

サヤカに話した時と違い、自分をちゃんと正当化して可愛らしく話した。

「大丈夫だよ。俺が話つけてやるよ。そのサヤカって子今どこらへんにいる？　電話してみろよ」

頼もしげに翔太はそう言い切ってくれた。

沙恵先生はまだ現れない。何だか妙な胸騒ぎがする。サヤカは近道を通って早く帰ろうと思った。脇道にそれた瞬間、植え込みの陰から不意に手が伸びてきた。腕を取られて空き地の中に引っ張り込まれた。そいつはすばやくサヤカの背後に回り、掌で鼻と口を覆った。息ができない。手足をばたつかせてもその手は外れない。息苦しさの中で、だんだんと身体の力が抜けていくのが自分でも分かった。

＊

空き地を出ると、私は振り返らずに早足で歩き続けた。一歩一歩足を前に踏み出すという単純で規則正しい動作を続けていると、身体の中で猛り狂っていた興奮がようやく少しずつ去っていく。

周囲の空気がまた重くなったことに気づく。雨はもうそこまで来ている。

どうしてあんな事になってしまったのだろう。あんな事をする気はなかったのに。少女の首はマシュマロのような柔らかさだった。力をこめると、私の指は吸いこまれるように白い喉の中に吸いこまれていった。やがて、ふいと少女の身体の力が抜けて、その現実的な重みが私の手に委ねられた。さっきまで生きていた人の重さを感じた時、私は初めて自分のしたことの大きさを感じた。しかたなく、夏草の上にとりあえず少女を横たえると、しばらく考えてからその衣服を剝ぎ財布を探って中身を奪った。これで物取りか乱暴目的に見えるかもしれない。

夜空が泣き出した。大粒の雨が沛然（はいぜん）と落ちてきて、叩くように地面に降り注ぐ。道路も走り去る車もあたりの木々も、瞬く間に濡れた。歩く私も深々と濡れた。髪が濡れ服が濡れ、私の身体はすっかり濡れそぼつ。夏の夜の雨は、意外な冷たさだ。首筋から背中へと流れ下る雨が次第に私の体温を奪っていく。ついに私は心の底まで冷え切ってしまう。ああ、柔らかな首を扼（やく）した指の震えが止まらない。

蛇男と黄色い水

「自治会長、えらいことですよ！」

日曜の朝早くに訪ねてきた長瀬は、いつになく慌てた声だった。

「調整池の上の斜面からまっ黄色の水が滲み出てきているんですわ。下の道路から丸見え。色が色だけに目立つこと、いったい何事だァみたいな……」

長瀬は調整池のある三丁目の班長だ。まだ四十歳過ぎだが、平素は落ち着いた思慮深い物言いをする男である。いつもとはうって変わった今の口ぶりからすると、現場はよほど度肝を抜く光景になっているのだろう、自宅の玄関先で立ち話をしながら、佐脇誠司はそう考えた。

南垂れの斜面におよそ三百戸の家が並ぶ「虹ヶ丘」。丘陵の尾根を削り、間の谷を埋め立てて造成した団地で、坂を下り切ったあたりには雨水などを一時溜める調整池がある。その南には交通量の多い幹線道路が走っていて、虹ヶ丘への侵入道路もその道に接続している。

この春、定年退職するやいなや、誠司はこの団地の自治会長に担ぎ出された。『先生』やった人は弁がたつでね」、「学校に勤めとった人は真面目やしね」……陰では世間を知らないだの常識がないだのと教師の悪口を言っているだろうに、団地の年寄り連中は自分たちがそろそろお役ご免になりたいがためにこんなお上手を言った。今まで忙しさにかまけて地域に何もしてこなかったことをいささか引け目に感じていた誠司は、手もなく丸め込まれた。

「確かにこれは異常だなぁ」

長瀬と連れだって現場へ急ぎ、調整池の対岸から団地方向を見上げると思わずため息が出た。正方形のコンクリートブロックが幾何学的に規則正しく積まれた池の護岸はまるで城壁のようにも見えるが、その真ん中あたりがはっきりと黄色くなっている。周りのコンクリートの灰白色や池の水面の濃緑色に比べて、その人工的な色の広がりはいかにも唐突で、それだけによけい毒々しく見えてしまう。

「いったいなんであんな色の液体が出てくるんでしょうねぇ」

誠司にも、その問いに答える知識はない。

「地下に何か埋まっているんでしょうかねぇ？　動物の死体とか、それとも産廃ですか？」

唸るばかりの自治会長の横で、長瀬は自らの仮説を述べ始める。その想像は誠司の頭にも浮かんでいたが、そうであるならちょっとややこしい問題になるかもしれないと漠然とした不安が心の中で広がりつつあっただけに、長瀬の軽い発言が不愉快に聞こえた。

「まっ、憶測でものを言ってても仕方がないから、ここは一つ慎重にいこう。とにかくあの現場じゃ傾斜が急すぎて素人は近づけないから、団地を開発した業者にかけ合って調べてもらうよ」

「そうですね、この団地は大幸ハウスが造成したんだからあそこが責任を持つべきですよね。会長、ひとつよろしくお願いしますよ」

そんな話をして長瀬と別れた。自分たちが日々暮らしているこの団地の地下にいったい何が埋まっているのか、今まで考えもしなかった問題に、腹がじわりと冷えてくるようなおののきを感じながらゆっくりと坂を登って自宅へ戻った。


六時にセットしてある目覚まし時計は、鳴り始める一分前にコチッと微かな音をたてる。今朝も、佐脇誠司はその音を聞いただけで目覚ましのスイッチをオフにした。

「昨夜も眠れなかった？」

やはり目を覚ましていたらしい妻の紘子(ひろこ)が、大儀そうに身体を起こしながら訊ねてくる。

「ああ、三時に覗きに行ってからは眠ったような眠ってないようなだな」

三時に一旦起きて母の様子を確かめに行った。その時にはちゃんと蒲団の上でよく眠っていたし、パジャマも着ていた。

「お義母さん、今朝はどうかしらね？」

妻の不安げな声に、ただでさえ重かった気分が一層沈んでいく気がする。八割方、失敗しているだろう。

「行ってみなきゃ分からんな。俺が見てくるから、食事の用意を頼むよ」

手早く着替えて台所へ向かう妻の背に声を掛けながら、母が伏せっている八畳間へと向かう。五歳年下の妻は未だ現職の教師だ。今日も子供たちとの格闘が待っている。なるべく明るい気持ちで送り出してやりたい。

襖（ふすま）を開けたとたん、異臭が鼻をついた。母はもう目覚めていた。言葉にはならない声を発しながら目だけをクリクリと動かしている。蒲団からはずり落ちてしまい、脱いだパジャマのズボンと紙オムツが横に落ちていた。そして、丸裸の下半身を中心に畳の上に染みが広がっている。

「オムツまた脱いでしもたんやね。気持ち悪かったんかなぁ」

萎えていきそうな暗い気持ちを引き立てるように、わざと軽く明るい声を出しながら、背後に回り脇に腕を入れて立ち上がらせる。

「さっ、トイレに行こうか。すっきりするでー」

九十歳に近い母は、自力ではもうほとんど歩くことができない。身体が徐々に動かなくなる病気を患っているが、この数ヵ月、病勢は目に見えて進んだ。後ろから支えながらゆっくりと進みポータブル便器に座らせ脇の手すりを握らせる。

「昨夜(ゆうべ)はな……」

母がか細い声で言う。

「うん、昨夜はどうしたん？」

明るく答えてやりながら、用意してあるバケツとぞうきんで濡れた畳を拭き始める。

「昨夜は天ぷらが来たんやわ」

母の病は妄想も伴う。しかも先々月のひと月ほどの入院の間に痴呆めいた症状も出てきた。看護師さんたちが夜中に集まって落語の会をやっているとか、隣の病室では建てかえ工事をやっていてうるさいとか、荒唐無稽なことを本気で言うようになった。

「そうか、天ぷらか、そりゃ豪勢やな。どこから来たんかな、天ぷらは？」

無邪気な妄想なら正すまでもないと適当に話を合わせながらも、名状しがたい哀しさは拭えない。消臭剤をスプレーするノズルにかけた指に思わず力がこもる。

「天ぷら言うたら角の日吉屋に決まっとるやないか」

還暦を過ぎた息子に、子供にものを教えるように、母は近所のそば屋の名前を挙げた。

例年より早い梅雨入りの頃、息子が退職して気楽な身分になるのを待っていたかのように母の病状は悪化し入院をした。誤嚥(ごえん)が元の肺炎を起こしており抗生剤の治療が行われたが、はかばかしい結果が出なかった。その原因を探る中で、新たに血液の問題が見つかった。骨髄で血液がきちんと作られていないのだと言う。さりとて、強力な治療は、年齢的に不可能だ。「来年の夏はない」と医者にはっきりと言われた。

「病院ではゆっくりしないでしょう。最後の親孝行と思って、家で気ままにさせてあげたらいかがですか」

病院にいても積極的な治療はできないのだからと、肺炎が治まると家庭での療養を勧められた。

「ぎりぎりまで家で過ごさせてあげて、いよいよとなったら、その時は救急車ですよ」

年若い医者にそう言われ、退院して来て二ヵ月。最初のひと月ほどは回復傾向で、家の中を自力で歩き回れるまで戻ったが、そこがせいいっぱいのピークだった。折からの猛暑も悪く影響したのかもしれないし、骨髄の状態は確実に悪化しつつあった。通院時の血液検査の数値は悪化の一途で、次第に歩けなくなり、起き上がれなくなり、自分でご飯が食べられなくなっていった。

虹ヶ丘は分譲が始まって二十年以上も経つから、開発業者は現地事務所をとっくに引き払っている。誠司は、今では市内の別の団地内に移っている大幸ハウスの事務所を訪ねた。

電話をして用件を伝えてから行ったにもかかわらず、どことなく迷惑そうな様子が見て取れた。

「目下はこちらの団地の販売で忙しくさせていただいております。ここはそのための事務所ですので……。虹ヶ丘さんはずいぶん昔に扱わせていただいた物件ですから、資料はもう本社にしか残っていないと思います。当時担当した者もここには既に一人もいませんし、その頃の事情と言われましても、正直申し上げて分からないんですよ……」

申し訳ありませんと言葉こそ丁寧だったが、とっくに売り尽くした団地の自治会長なぞに用はない、そんな内心が透けて見えるような対応だった。不誠実な応対や高圧的な態度に接すると、それを打ち負かしてやりたい衝動に駆られる。負けてなるものかという怒りがこみ上げてくる。正義感などと言う筋の通ったものではない。ただの天の邪鬼(あまのじゃく)かもしれないし、原理・原則を教える学校という場に長年勤めたことによる習い性かもしれない。とにかく誠司にはそういう性行がある。今までもそれで損をしてきたことも多いとわかってはいるが、六十歳を超えてもまだ治らない。

「私は、その黄色い液体の正体を調べて欲しいとお願いしているだけですよ。それとも、そんなことは電車に乗って遠くの本社まで訪ねて、そこで言えとおっしゃるのですか」

五十歳ほどと見える大柄の所長に向かって、少し気色ばんだ言い方をしてみた。

「いえいえそんなことは決して……。ただ黄色い水とおっしゃられましても、土質の関係で出ることもあるでしょうし……。また、ここは販売関係の者しかおりませんので、技術的なことは分かりかねますが」

一銭の商売にもならないのが明らかなことに時間と労力を取られたくないという思いからの逃げ口上と表面上は受け取れるが、きっと営業畑が長いのであろうこの所長は、下手をすると会社の責任問題に発展するかもしれない気配に警戒心を抱き、わざと要領を得ない対応を繰り返してうやむやにしてしまおうという魂胆なのかもしれない。それくらいのことは考えていそうな男に見える。

「現場を一度でも見てもらえばすぐに分かることですが、土の成分のせいで出てきたような色じゃありませんよ、もっと人工的な感じのする派手な色です。いずれ市役所の方にも出向いて現場の調査をお願いするつもりでいますが、もし、あの水の中に妙な成分でも含まれていたら、開発した御社の責任が問われることにならないのですかねぇ、それでなくても今は企業倫理とかコンプライアンスとか色々言われる世の中ですからね」

直截（ちょくせつ）な言い方にブラフと嫌味も付け加えたら、所長の顔色がわずかに変わった。

「もちろん弊社の関わる開発・造成は万全を期しておりますが、お申し出の件はさっそく本社の担当の方に伝えまして、できるだけ早い時期にその者よりお返事をさせていただきますので、ご理解を賜りたいと存じます」

自分の手元でもみ消すことを諦めた所長は、こわばった表情のまま本社に丸投げするようなことを慇懃に述べた。

「今後とも何かとよろしくお願いいたします」

来た時とはうって変わり、深々と頭を下げる所長以下数名に見送られて事務所を後にした。

数日後、大幸ハウスの本社の者がわざわざ誠司の自宅を訪ねてきた。当時の状況を知る者は既に全員退社していて居ないと断った上で、虹ヶ丘の宅地造成工事は大手ゼネコンの一つに請け負わせて行ったが、あちこちの現場で施工を依頼してきた信頼できる会社である、盛り土の際に使用する土についても、基本的には尾根部分の切り土をそのまま転用しており、いわゆる産業廃棄物的なものが含まれていることはあり得ない……そんな趣旨の説明をした。また、黄色い水はサンプルを既に採取して分析中であるとも付け加えた。

「ただ、虹ヶ丘団地の場合、開発・造成の主体は地元の土地区画整理組合なんですね。私も今回書類を調べてみて判ったことなんですが、弊社はその開発行為の代行をさせていただいたという形でして、開発を企図したのは、あくまでも元々の山や田畑を所有していらした地主さんたちが土地転用のために作られた組合だったんです」

それは誠司には初耳の事柄だった。当時虹ヶ丘団地では、建て売りにしても注文住宅用の宅地にしてもすべて大幸ハウスが売っていた。誠司自身も大幸ハウスから購入しているのだから、当然この会社が開発段階から主導して造ってきた団地だと思い込んでいた。

「そんな事情ですので、開発計画が出来上がった後のことはもちろん弊社で引き継いでおりますが、その前のこと、例えば従前の現地の状況などですと当時の整理組合の方にお訊きいただきませんと当方では……」

上手い言い訳を見つけたつもりなのかもしれないが、その担当者は自社の工事に瑕疵はなかったことを繰り返すと、それ以前のことに疑問があるならこちらで尋ねて欲しいと、まだ存命だという当時の組合理事長の名前と連絡先を残して帰っていった。


「もうちょっと上の方を向いてんか」

スプーンで食べ物を口に運んでいても、母はすぐにうな垂れていってしまう。ときどきは指で顎を持ち上げてやらないと食べさせることもできない。

「はい、おばあさんの好きな魚やで」

煮魚の身をほぐしたものを口に入れてやる。

「次はおかゆにするか?」

微かに頷いた後で、口の中で何か言っている。

「どうしたん？」

食事を運ぶ手を止めて母の口の中が空になるのを待っていると、

「またおったんやわ」

消え入るような声でそう言う。

「またって、蛇のことかね」

先日来、母は蛇を見たと何度も訴える。寝ている和室の長押（なげし）のところに太い蛇がいるのだと言う。

「夜中に私の部屋に入ってくるんやな」

しかし、誠司が入った時にはもちろん蛇はいないし、サッシで閉じられた機密性の高い団地の部屋に蛇が外から入り込むとは思えない。

「本当に蛇なん？　寝ぼけて長押が蛇に見えたんと違うの？」

さすがに話を合わせ続けるわけにもいかないし、かと言って妄想だと言下に否定するわけにもいかず、軽い調子で反論をしてみるが、

「いや、間違いない。こんなに太い青大将や」

母は震える両手の指で大きな輪を作って見せる。

誠司が子供の頃に暮らした田舎の家には、農機具を入れる大きな納屋があった。そのまん

中を突き抜ける土間を通って裏庭から母屋の勝手口に至る作りだった。採光など全く考えられていないその納屋には、鎌や鍬（くわ）や鋤（すき）のような小さな道具から、脱穀機、乾燥機、米を入れる大きなタンクのようなものまでが薄暗い中に静かに並んでいた。夏でもひんやりと感じるその通路を、幼い誠司は漠然とした不安を抱きつつ、いつも足早に通り抜けていた。ある夏の日、早足で通り抜ける視界の隅に何やら動くものが映った。反射的に足を止めその梁（はり）のあたりを見つめると、それは濡れたような深い緑色に光る太い青大将であった。武骨な木組みに巻き付き、舌をちろちろと出し入れしながら移動していた。その蛇を見つけてしまった時の全身を貫くようなおののきが、懐かしさがもたらす若干の余裕と相変わらずの生理的な恐怖感を伴って蘇ってくる。

「そりゃ怖いわな、そんなに太い蛇やったら」

お茶を入れた吸い飲みの口を向けてやりながら話を合わせる。

「そうやろ、しかもその蛇、源おじの顔をしとるんや」

真顔で言う母の言葉にびっくりさせられる。苦いものが誠司の心の中で広がっていく。源おじ……誠司の父はもうふた昔も前に亡くなっているが、山路源三（げんぞう）はその従弟である。母とは同年だったはずだが、我が家では「源おじ」と呼んでいた。ただし、それもある時期までのことで、もう久しくこの家で彼の名を口にする者はいなかった。彼の手ひどい背信に遭って以降、彼はまさに蛇のように忌み嫌われる存在になっていたのである。

「源おじの人面蛇か……蛇男やな、そりゃぴったりや」

わざと茶化した言い方をしてみても、怯えた母の顔がゆるむことはなかった。

「あの辺りで山やら畑やらを持っていた農家が集まって、開発の相談をしだしたのが始まりでしたわ」

母と同じでもう九十歳近い年齢であろうに、土地区画整理組合の元理事長は丸顔の色つやもよく、上機嫌で昔の話を語り出した。

「だいたいの開発計画が出来上がり、途中からは手続きやらが難しいので大幸ハウスに委せることになって、それでも完成までには十年近くかかりましたなぁ。市長さんやら議員さんやらにもたくさんお願いに行きました。私も五十歳代でまだまだ元気でしたわ」

団地に姿を変える以前の現地はどんな様子だったのか、誠司は訊ねてみた。

「あそこらの山は松茸が採れましてな。子供の頃にはよく遊びに入ったものでしたわ。尾根と尾根の間の谷間は、入会地とでも言うのですか、昔から地区の皆さんが共同で使う土地のようになっておりましてな。墓や仏壇に供える〝びしゃこ〟が採れました、あれ本当は〝ひさかき〟って言うんですかな。ほかにも竹を切ったり土を取ったり、そんなふうに使っておりました」

農家造りの理事長宅は天井も高く柱も太い。虹ヶ丘の団地からどれほども離れていない場所なのに、山深いところへでも来たのかと思うほど涼しく感じられる。

「私が大人になった頃には地域のゴミ捨て場になっておりましたな。なんせ当時は今のようなゴミの回収なんかありませんでしたからね。生ゴミは畑に捨てる、燃えるものは裏庭で燃やす。それでも残った燃えないものは、あの谷へ持って行って捨てる習慣でした」

孫だろうか、若い女性が出してくれた麦茶で喉を潤していると、元理事長は意外なことを話し出す。

「茶碗やら窓ガラスやらの割れたの、汚れたビンや缶に蛍光灯や古畳、廃品回収も持って行かんようなものは何でもかんでも全部あの谷へ持って行って捨てとりました。それが許されていた時代やったんですな。壊れたラジオやテレビ、もちろんまだ真空管の奴ですよ、そんなんも捨ててました。自転車の古いのや乗り古したカブもあったんと違いますかな。あっ、カブっていうのはオートバイのことですわ、お宅もご存じでしょう、当時はみんなの足でしたわね」

自分たちが日々暮らしている家の下が、わずか五十年ほど前には地域のゴミ捨て場だった。それは聞かされて楽しい話ではなかった。

「そのゴミ捨て場は、その後どうなったのでしょうか。この辺りでも、やがて燃えるゴミや粗大ゴミの回収を市が始めたと思うんですが」

「ええ、ええ、ゴミ集めが始まりまして、もう谷には捨てたらアカンということになりました。それで、地区のお金でダンプに何杯も土を運んで来て、きれいに覆って更地にした覚えがありますわ」

「その際、ゴミの撤去はしていないんですか？」

誠司の問いに、老人は妙なことを訊く奴だという顔つきで「していない」と明言する。

「土で厚く覆ってきれいにしましたからね、問題なしですわ」

元理事長には悪びれた様子は微塵もない。覆土をして見えなくすれば元に戻したことになる、それがこの世代の人の感覚なのかもしれない。

「じゃ、昔のゴミ捨て場の上に私たちは家を建てたわけですね」

ことの次第に納得しがたいものを感じている誠司の言葉には、やはり棘があった。それが耳に残ったのだろう、老人が心外そうに少し語気を強めて言う。

「私たちはやるべきことをきちんとやりましたよ、何もやましいことはありません。その後、あの谷は一時建材屋さんの資材置き場になっていたこともありましたが、それにしても最後にはさらに土を被せてきれいにしたはずです」

「さらに建材屋が使っていた時期があるんですか？」

「ええ短い期間だったと思いますがね、建築だけでなく手広く解体も手がける業者で、盛んにトラックが出入りしていましたなぁ」

「じゃ、解体で出た瓦礫や残土が運び込まれていたかもしれないんですね」

そこまで言うと、さすがに元理事長もムッとした表情になり、

「そんなもの、私は見てもいませんし知りませんけどね。彼らがどう使っていたにしろ、最後はちゃんとした土地にして返してくれましたよ」

土壌の検査はしたのか地下水は調べたのか、言いたいことはたくさんあったが、この高齢の老人にそれを言っても始まるまいとは分かっていた。それは今の時代における常識でしかない。まだいわゆる高度成長期のただ中であちこちを掘り返し建物を建てることに狂奔していた当時の日本に、今のような知識や配慮があったはずはないし、取り締まる法律もまだまだ未整備だったに違いない。

消化されないものが胃の中に硬く残ったままのような気分で、誠司は丁重に礼を述べてその老人の家を後にするしかなかった。

「気持ちええか？」

背中からシャワーをかけてやりながら訊ねる。見る影もなくやつれた身体の、皺だらけの皮膚の上を水の玉が走るように滑っていく。母はもう浴槽の中に浸かることはできない。自分で浴槽の縁を跨ぐことは到底できないし、専門の器具や知識がない中では、誠司と紘子が二人がかりで入れたとしても危ない気がする。洗い場に置いた介護用の椅子に座らせ、倒れていかないように壁面の手すりを握らせておいてシャワーで洗い流してやることしかできない。

「あああ」

お湯を掛けるだけでも盛夏の汗ばんだ肌には心地よいのだろう、母は声を漏らしている。タオルを使うと痛がるので、一旦お湯を止めて石鹸を手で溶き素手で洗ってやる。腕や脇腹は細かな皺がひびのように走っているが、背中は不思議なほどつやつやかで白い。かつては自分がこの背中に負ぶわれていたのだということがとても不思議なことのように思われる。誠司が幼かった頃、どうした案配か背中一面漆にかぶれたことがあった。山に遊びに行ってその葉に触れたのだったか。夏だったような気がする。背中が一面に燃えるように熱く痛く、誠司は泣き続けていた。母は幼子を背負って為す術もなく裏庭を歩き回りあやし続けた。母の白い背中を見ていると、あの時の記憶が背中のうずきと共に蘇ってくる。

「頭は、今日は洗わんでもええね」

そう確認してからシャワーを止めバスタオルを押し当てるようにして拭いてやる。

「今晩も来るかなぁ」

不意に母が言う。

「えっ？」

風呂の手順で頭がいっぱいで、不意を突かれたような返事しかできない。

「源おじさ。今晩もまた蛇になって壁におるかなぁ？」

と不安げである。確かな認識や判断を失いつつあっても、母の中で源おじは不安や災いと結びついて記憶されているらしい。自分が親から聞いて知っている限りをたどってみても、それは無理のないことだと思われた。

誠司の父は病がちだった。田畑での労働に耐え切れず農業を止めて町に勤めに出ることを決めた時、ならば田を買ってやろうと申し出てきたのが源おじだった。そもそも、田は農業をやっている者にしか売ることができない、またこの辺りは「市街化調整区域」になっているから勝手に宅地にすることもできない、しかし、今どき後継者も少なく高齢化していくばかりの中で田を買って耕作面積を広げようなどという奇特な農家があるはずもない、自分は従弟だから損得抜きで買い取ってやる。その時の源おじの言い分はそんなものだったそうだ。二束三文の値ですべての田を譲り渡した数年後、そのあたりを幹線道路が通ることになり、誠司の父が売った田のほとんどがその予定地に含まれていた。源おじのものとなっていた田は、数年前には想像もできなかった値でお上に買い上げられていった。

やがて源おじは市会議員選挙に立ち当選した。あの頃から何かのパイプがあって情報を掴んでいたに違いないと父は悔しがったが、後の祭りだった。その父が亡くなった頃、源おじは市議会の議長を務めていたが、母は「うちの田を売った金で議長になったのだ」と悪し様に言って憚らなかった。

おそらく後数ヵ月の命しかないであろう母が、この期に至っても源おじを嫌い恨み怖れていることに、人が生きることの業の深さのようなものを誠司は感じていた。

大幸ハウスの部長が部下二人を引き連れて訪ねてきたのは、最初に黄色い水に気づいてから半月ほど経った頃のことだった。

「実は内々にご相談いたしたいことがございまして参上いたしました」

その極端な低姿勢ぶりが、これから持ち出される事柄の性格をはっきりと語っているようで、誠司は最初から重い気分にさせられた。

「あの黄色い水の分析結果が出たのですが……」

客間で向かい合うと、部長は挨拶もそこそこに切り出した。

「実は、良くないものが少々検出されまして。砒素とかベンゼンとか……。もちろんごく少量で、定められた環境基準を超える数値では決してありませんのでご安心ください」

ほぼ想定していた通りの部長の言葉に、腹の底から漏れ出るような太いため息が出た。

「安心できるわけがないじゃないですか、ちょっとは考えて喋りなさいよ、あなた。自分たちが暮らしている家の下には何やら有害なものが埋まっていると言うのに」

「お言葉を返すようですが、部長も申しましたように、砒素もベンゼンも極めて微量でして、それはこの資料からもご確認いただけると存じます」

自然と激しくなる誠司の言葉に、部下がファイルを開けてグラフのようなものを示しながら慌てて説明を始めるが、硬い声でそれを遮る。

「そんなもの見せてもらっても素人には分かりませんよ。しかし、いずれにしても自然界にはあるはずのないものなんでしょう？　住民への健康被害は心配ないんですか？」

「他所での土壌汚染の調査報告書などから見ましても、『ただちに人体に影響はない』とされているレベルよりも当地はさらに低い数字ですので、ご心配いただく段階ではないと考えておりますが」

部長が額の汗をふきながら答える。

「じゃ、放っておくのですか？」

誠司の追及に、もう一人の部下が待ってましたとばかりに図面を広げる。

「汚染された水の漏出を防ぐため、調整池の法面（のりめん）につきましてはコンクリートブロック間の隙間に樹脂系のコーキング材を注入することでこれ以上漏れ出さないようにブロックいたします。さらに法面の所々に空けられている水抜き穴につきましては、出てくる排水をパイプで別の貯水槽へ導水し、調整池に流入して雨水等と混ざり合うことのないように対策を講じ、完全にコントロールしたいと考えております」

その若い男は、おそらく技術系の優秀な社員なのだろう。口ぶりにはどこか計画の無欠さを誇るような得々とした印象があった。

「『臭いものには蓋』ってことですか、要するに」

憮然とした誠司の言葉に部長の顔色がサッと変わる。

「決してそのようなことは考えておりません。虹ヶ丘団地内にはまだ何ヵ所か空き地が残っておりますが、その所有者の了解が得られ次第、空き地に櫓を組みましてボーリングを行い地層の調査をする予定にしております」

「じゃ、その調査で有害なものが見つかった時にはどうされるおつもりですか？　もちろん地下に埋まっている全量を撤去していただけるんですよね？　まさか、このまま毒物の滲（し）みてくる土地に住んでいろってことはないですよね？」

畳みかける誠司の表情を上目づかいに伺いながら部長が切り出す。

「ご相談と申し上げたのは、まさにそのあたりの対応に関してでございまして。仮に、問題のあるものが見つかりましてその撤去となりますと、まず皆様にお宅を立ち退いていただき、ご自宅の解体、表土の撤去、問題物質の除去、土壌の改良、埋め戻し、ご自宅の再建築と、途方もないご迷惑をおかけすることになってしまいます……」

「費用的にも莫大な額になりますよね。御社も大変な痛手だ」

わざと他人事のような突き放した言い方をしてやった。部長の頬が一瞬ヒクリと動いたように見えたが、粘り強く説得する姿勢を崩さない。

「他県で、産廃の大規模な不法投棄が明らかになった事案がございましたが、その撤去費用は数百億円と見積もられたそうでございます。また、かかるケースの場合、撤去の責任は当然投棄した業者にあるわけですが、その事案でも廃棄物業者は既に廃業しており支払い能力はなく、県当局でも財政的に負担しきれる額を遥かに超え、結局国に救済を求めたそうです。当地のケースにしましても、まずは問題物質を投棄した者に対応を求めるべきで、現段階で弊社が関与すべき問題かどうか、今社内の法務担当が検討を進めております」

「つまり、おっしゃりたいことは、うちは土地を整理して家を建て、それを売っただけだから知ったことではないということですか？」

「いえいえ滅相もない。弊社が扱わせていただいた物件でありますからこそ、先ほどご説明申し上げたような止水対策を予定しているわけでありまして。虹ヶ丘の住民の皆様や周辺の住民の方々にご迷惑のかからないよう、せいいっぱいの対策を講じる所存です。ただ、問題物質の濃度が極めて低いという点もぜひよろしくご勘案いただきまして……ここはひとつ穏便にご対応いただけないかと」

「穏便にとはどういうことでしょうか？」

「このことを市役所の方にはもう……？」

誠司は一瞬答えに詰まった。大幸ハウスの分析結果を見てからと考えていたから、実はまだ市役所を訪ねてはいなかった。しかし、今それを言ってしまうと与し易しと侮られそうだと考えたことが、その時に必要だった瞬発力を削いだ。

「もしまだでしたら、そこはぜひ慎重にご判断いただきたく存じます。止水対策はもちろんですが、今後とも虹ヶ丘の皆様には誠実に対応させていただきますので。ことが明るみに出てしまいますと、こちらも公式的な対応しかできません。お力になれることも限られて参りますので」

岩の割れ目に打ち込まれたタガネのように、誠司のわずかな隙をついて部長の落ち着いた太い声が静かに響いた。

「私の一存でどうこうできる問題ではないので、自治会の方でしっかり検討をいたします」

どことなく気圧されたような形になった誠司は、そう言って場を収めるしかなかった。


大幸ハウスの部長と話した翌晩には坂下龍雄(たつお)がやってきた。誠司が会長になる前、自治会を何期にも亘って牛耳ってきた人物である。突然の訪問に驚いている誠司を尻目に、勝手に上がり込むようないつもの強引さで客間へ入った。

「いや、聞いたよ、黄色の水が出てるそうじゃない。あんたに後を引き受けてもらった途端に、面倒なことになってきて申し訳なくてね」

エアコンが効き出すのが待ちきれないとばかりに扇子をばさりと広げてせわしなく使う。工務店の創業者で地域の顔役、そんな大物意識が透けて見えて目障りだ。

「ええ、昨日もそのことで大幸ハウスの人が来たんですけどね」

「で、大幸はなんだって？」

「やっぱり、あの水には有害なものが含まれているらしいんですよ」

坂下の訪問の意図がつかめないうちは、うっかりとどちらかに足を踏み出した話はできない。

「そういうのってお上が決めた基準値があるじゃない、それを超えてたの？」

誠司の方に身を乗り出すようにして訊いてくる。

「いや、数値的には低いものなんだそうですけど、やっぱりねぇ」

「えっ、基準値以下？　それじゃ心配ないじゃない。全然オーケーでしょ」

まさに笑い飛ばすという感じで坂下は快活に笑う。

「でも微量とは言っても、住民の健康に将来的には影響があるかもしれませんしねぇ」

「ないない！　だいたい調整池の辺りに湧き出るくらいだから、問題があるのは地表の辺りじゃなくて地下の深いところなんでしょ？　今どき井戸掘って地下水を飲んでいる人なんかいるわけないし、何も問題ないよ」

「しかし、埋まっているものの正体も量も分からないんですよ。これからもっと大量に出てくる可能性だってあるわけだし……」

心の中に巣くっている懸念を誠司が口にすると、坂下は真顔に戻り、閉じた扇子で座卓をコツコツと叩きながら教え諭すように言う。

「いいですか佐脇さん、よく考えてくださいよ。自治会長は色々なことを考慮に入れなきゃいけないんだからね。基準値以下の物質で健康被害が出る可能性がどれだけありますか？それに引き替え、こんな話が広まってしまったらこの団地の地価は暴落だ。資産価値が大きく変わるということは、老後の計画が狂ってくる人だって出てくるということなんだよ。あんた、そこまで考えました？」

確かに坂下の言い分にも一理はある。それは誠司にも理解はできた。しかし、腹の底から納得はできない。それどころか、取って付けたような理屈を盾に、既定の方向へ引っ張っていって収束を計ろうという魂胆が潜んでいるように感じられてならない。腕組みをしたまま無言の誠司に、さらに押しつけるように言葉を継いでくる。

「長く会長をやった経験から言うけどね、書生論じゃダメなのよ、自治会って。いろんな利害が絡み合うからね。子供相手に純粋なことだけ言ってきた学校の先生には承服しにくいかもしれないけど、大人の判断をしないとね」

返事がないのは了承の印と受け取ったのか、用は済んだとばかりに腰を浮かしかけてから、ふと思い出したかのような素振りで言う。

「そう言えば、自治会の集会所、建てかえの費用に困っていたでしょ。この間、大幸ハウスの人がうちの店に来て見積もりを依頼していったらしいよ、息子が言ってた。何か、建てかえ費用を全額負担してもいいようなことを言ってたらしいよ、有り難い話じゃない」

そういうことか、舞台上の幕が切って落とされたように、誠司の目にあらゆることが一度にはっきりと見えてきた。坂下龍雄の息子は父親が興した工務店を継いでいる。大幸ハウスはそこへ金を落とす。大幸の意を受けた坂下は先輩面で誠司を丸め込もうとし、結局黄色い水の真相は闇の中に葬られてしまう。

豪放を気どっているつもりか、横柄としか響かない挨拶を残して坂下は帰っていった。見送った後、手荒く閉じられたままの玄関の戸を奥歯を噛みしめながらじっと見つめていた。

「おばあさん、名前言えますか？」

救急隊員が呼びかけても、母は眼こそ開いているもののハアハアと息が苦しく返事ができない。細った腕と薄くなった胸に繋いだコードは救急車の壁面へと伸び、そこの画面には刻々変わるいくつかの数字が並んでいる。

二日前から、母は食べることがもうほとんどできなくなった。固形物はもちろん、吸い飲みで水やお茶を与えてもむせてしまって嚥下できない。わずかにゼリー状の飲料だけは、その冷たさが好ましいのか、口の中で絞り出してやれば少しずつ含むようにして飲み下していた。ここ一週間は紘子も休みを取り、常にどちらかが母の側にいて目を離さないようにした。あからさまに口にこそしなかったが、家庭で看ることの限界が近づいているのはどちらの眼にも明らかで、その見極めを誤ってはならないという希望のない緊張感に捕らわれ通しだった。

昨夜から母は発熱した。夜通し頭や脇を冷やしたが、今朝は三十八度を超え昼には一気に四十度に迫った。体温計のデジタル表示を見て、誠司はためらわずに救急車を呼んだ。保険証やら財布やら、当面必要なものだけを入れた鞄を抱えてストレッチャーの脇に乗り込んだ。救急隊員は診てもらっている病院を訊ね、手際よく連絡して受け入れの了解を取るとサイレンを鳴らして走り出した。これまでの経過についての隊員の質問に答えながら、母の手を握ってやるが握り返す力もない。脂気の抜けたかさついた手の甲を両手で撫でてやっているると、目だけが微かに動いて誠司の方を見た。怯えたような目だった。

「大丈夫やに。もうすぐ病院やで」

救急隊員を憚って小声で言うが、荒い息と怯えた表情は変わらない。その目を見つめているると、母はもう死を怖れているのではないと思えてきた。では、この期に母を苦しめているものは何か。

「源おじは死んだよ」

昨日の新聞のお悔やみ欄で知ったことが心に浮かび、それを告げた。

「母さんの方が長生きしたね」

誠司の言葉に、母の目の奥で微かに安堵の炎が燃えたように見えた。救急車は走り続け、鳴らし続けるサイレンの音が断末魔の呼吸音のように悲しく耳に響いていた。

浄水場にて

浄水場にて

新しい職場は丘の上にあった。

雑木林の中の曲がりくねった道を緑の光に照らされながら数分走り、丘陵の鞍部に出ると一度に視界が開ける。両側を丘で挟まれた谷筋を巨大な堰堤（えんてい）でせき止めて造った湖の水面が、甘く誘うように輝きながら目の前に広がっている。その畔（ほとり）に、古色蒼然と言うしかない朽ちたような四角い建物やら円筒型のタンク、濁った緑の水をたたえたいくつもの沈殿池やらがフェンスに囲まれて並んでいる。

「木綱湖浄水場」、浮き彫りにした名前の周囲に緑青が浮き始めている鋳鉄製の門札が、こちらもポロポロと劣化が始まっているコンクリの門柱に埋め込まれている。キヅナ……ことさらな多用に辟易し反撥も感じている「絆」が連想されるが、三年間が限度の臨時職員とは言え、中年男を雇ってくれたのだからそんなケチはつけていられない。鉄製の門扉は閉じられていたが、脇に付いているテンキーで教えられた暗証番号を入力すると、ガチャリと音がして錠が外れた。ワタシは車が通れるよう片側の鉄扉だけを押し開け、車を乗り入れてからペンキの浮いた扉をまた閉じた。

駐車場に降り立つと、目の前に管理棟がある。白い塗装が長年のあいだ日に曝されて剝がれ、雨水の流れた後が薄黒く残る四角い建物。それが濃淡様々な緑の木々に囲まれて建っている様は、まるで織部の皿の上でうち震える豆腐のように見えなくもない。

「今日から働いていただく新しい『検査員』さんです。化学がご専門の方ですから、大いに期待しております」

始業時に場長が全員に紹介してくれた。検査員……それがこの職場でのワタシの呼び名だった。ワタシ以外は、「運転員」「庶務係」、そして場長、それで全ての小さな職場だった。

ワタシはかつてセンセイをしていたのだと思う。思い出そうとしても記憶は霞んだようではっきりしないのだが、ずいぶん長くやっていたように思う。白衣を着て学校の中を歩いていた。そう、理科のセンセイだったのだ。

女の子が椅子の上に画鋲を置いていた。セーラー服を着ていた。目鼻立ちが整っていて黒い髪がつややかで、その上成績も優秀、友達からも教師たちからも好かれ頼られ一目置かれる女の子だった。その子が誰かの椅子に、上に向けた画鋲を一つ置いていた。

偶然見かけたワタシは、「何をしているの？」と声をかけようとして喉が詰まった。気づいた女の子がワタシを見上げていたから。その目は刺すように鋭くて冷たく、そして瞬時にたくさんのことを語っていた。脳貧血を起こして上体から血の気が失せていくときのように、その目に射すくめられてワタシの中から、すーっと様々なものが抜け落ちていってしまった、それは言葉にすれば信頼とか自信とか情熱とか言われるものだったように思う。そして、その女の子が抱えているたくさんのことをワタシは分かってしまったような気になった。「ワタシには結局は何もできない」、そう感じた。貧血の人が立っておられずその場に蹲ってしまうように、ワタシはもうセンセイが務められなくなってしまっていた。

「『過剰適応』って言葉があるんですけどね」

初老の医者はそんなことを言った。

「自分の評価を下げたくないとか周囲の調和を乱したくないとか、そんなことをまず考えてしまうタイプの人が、必要以上に頑張ってみたり、内心の意見や不満を口にせずに封じ込めてしまう状態を言います」

「もちろん無理をしているわけですから、それが長く続くと心身に悪影響が出てきます。潰瘍ができたり鬱になったり……自分そのものが『燃え尽き』ちゃうんですね」

セロトニンがどうしたとか海馬の萎縮がどうだとか、精神科医の説明は十分には理解できなかった。

「根本的には生きる姿勢の問題だと思いますよ。本当の自分が摑めるといいのですがね。他人の尺度で自分を計るという桎梏から離れて、自分自身の能力や姿を正直に出せる、そんな自由さが手に入るといいんですがね」
　そんなことを言って、その医者は励ますように笑った。抗不安薬や睡眠導入剤、そしてトレドミンという白い錠剤をもらった。ときどき薬の種類や数を変えながら、それから何ヵ月もそれらを飲むことになった。そしてワタシの記憶はだんだん曖昧になっていく。何が現（うつつ）で何が夢なのか、考えてみても判然としなくなっていった。

　前任者との引き継ぎで説明された通り、新しい仕事は難しいことではなかった。この浄水場から送り出している水は工業用水のみだから、上水道のような細やかな消毒は必要ない。極端に言えば、川の取水口から導水されてきた水の微細な土砂などさえ取り除けば工場へ送水できる。不純物の沈殿を促進するため、高速凝集沈殿池に導水する前にポリ塩化アルミニウムという薬品を投入することと、外部への送水前に色度・濁度・ｐＨ値などを測定してチェックし記録すること、それが『検査員』の主な仕事だった。そのどちらも専用の機器が用意されていて、自動で薬剤を入れデータを取ってくれるから、学校での理科実験のように試験管やらスポイトやらを手にする必要はまるでない。沈殿池横の機械室で、投入する薬剤を入れた見上げるほど大きな槽に充分な残量があることをゲージで確認したら、こんどは一号から四号まである巨大な送水ポンプの建屋を順に回って水質検査計の赤いデジタル数値とその動作が正常であることを確かめ、管理棟の中の水質検査室に戻って定時にプリンターから打ち出される検査数値をファイルに綴じて業務日誌をつける……終業までこれを繰り返すのがワタシの任務だった。春の青葉に囲まれた自然豊かな環境、数少ない同僚とは机を並べる必要すらなく、全ては不平も不満も漏らさぬ機械が相手。新しい仕事は理想的に思われた。長い間、こんな職場を探していた、そう思った。

運転員は、導水ポンプ・送水ポンプをはじめとして電気系統も含めた全ての機械類の保守点検が担当らしく、機械室やらポンプ建屋でよく見かけたし、屋外の変電施設や沈殿池の水門あたりにいることもあった。レンチやらグリースガンやらを手にして、だいたいいつも作業服は油で汚れていた。広い浄水場の中で顔を合わせたのに口を利かないのは不自然に思われ、少しずつ世間話をするようになった。

「島流しみたいなものですよ」

三十歳代半ばくらいだろうか、まだ若い運転員は翳(かげ)った表情で言った。

「県の機関の中で、総勢たった四人の職場があるなんて、ここへ来るまで思ってもみませんでした」

自嘲的な言葉には、ここで働くことの不本意さが露骨に出ていた。

庶務係の女性も、やはり三十歳代半ばに見えた。場長と彼女は常に事務室にいるから、あまり顔を合わせることもなかった。細身でスタイルのいい人だったが、どこか鬱屈したような暗い表情の時が多かった。離婚をして息子と二人で暮らしているらしい、日が経つにつれて場長や運転員の言葉の端々からそんな事情が知れた。

場長はワタシより年上の、陽気で多弁な男だった。ワタシが事務室に顔を出すと、新聞から顔を上げて何か話しかけてくる。

「巨人は開幕から調子が悪いですな、やっぱ監督がダメなんでしょうかねぇ」「株が上がってますなぁ。もっともわしら庶民は株なんか縁がありませんけどねぇ、ハハハ」、わざわざ話す必要もないようなことばかりだったが、これでも職場の雰囲気を明るくしようとする管理職の配慮なのかもしれないと最初は思った。

「検査員さん、チンドンはまだやってもらってませんでしたね」

ある日、顔を合わせると場長が妙なことを言った。「えっ?」と訊き返す向こうで、場長の相好が崩れ、庶務係も苦笑している。

「あれはみんなでやっていかなきゃイカン仕事ですから、そろそろ一度経験してもらいましょうか。運転員さんに言っておきましたから、三時になったら二人でお願いしますよ」

浄水場前に広がる人造湖は木綱湖と呼ばれているが、実際は川から導水管で運ばれてきた原水をプールしておき必要に応じて浄化して送り出すための「貯水池」に過ぎない。景観がいいし、お誂え向きに湖辺には舗装された周回路もあるから、ウォーキングに訪れる人は少なくない。それくらいは許容の範囲内だが、釣り竿を持った太公望たちとなると話は違ってくる。放埒な出入りを認めると、ゴミの不法投棄も招きかねない。工業用水を溜めているつもりの管理者としては、水質の汚濁を進めるような行為は当然願い下げだし、釣りやらボート遊びを放置した結果、事故があって管理責任を問われても困る。勢い、それらの闖入者の排除をしなくてはいけなくなる。

　最初は職員が巡回して、釣りや水遊びをしている人を見かけると退去するように言って回ったらしい。しかし、昨今のご時世、素直に従う者たちばかりではない。何だかんだと屁理屈を並べ、挙げ句の果て、こちらの言葉尻を摑まえて色をなす輩が続出したのだという。市役所の窓口で職員を怒鳴り殴る無法者すらいる現代である、指示を大人しくきく人ばかりであるはずがない。そこで今は、拡声器とそれに接続されたボイスレコーダーを持ち、二人一組で湖岸を周回している。

♪♪（チャイムの音）♪♪
こちらは木綱湖管理事務所です。この貯水池では、水遊び・釣り等の行為は条例により禁止されています。水辺にいる方は速やかに退去してください。なお、当管理事務所ではそれらの不法行為に伴う事故や怪我に関して一切の責任を負いません。繰り返します、水辺にいる方は速やかに退去してください。

♪♪（チャイムの音）♪♪

釣り客を見つけると周回道路の上からこんなフレーズをスピーカーで流す。大人しく立ち去ってくれれば御の字。無視を続けるふてぶてしい奴の場合は音量を上げながら近づいていく。ただし接近しても五メートルまでと規定されている。それ以上接近するとトラブる可能性が格段に高まるという経験則なのだという。直接怒鳴りつけた方が早い距離から、ボイスレコーダーをリピートにセットして、相手が辟易して立ち去るまでこの放送を繰り返す。それが「チンドン」という仕事だった。確かに、ジンタのリズムを繰り返しながら町中を練り歩くチンドン屋の姿を悲しくも彷彿とさせる。ボイスレコーダーになる前は、カセットテープにエンドレスで録音しておき、侵入者を見つけるとそれを再生していたのだと言う。そう言えば、今も拡声器から流れてくるのは庶務係のよそ行きの声に違いなかった。

運転員から説明を受けたとき、あまりのことに言葉がなかった。これが、県に奉職する地方公務員がする仕事なのだろうかと信じられない気分だった。

「業務日誌には『水質保護活動二時間』って記入するんですけどね。現場の実態なんて、こんなもんですよ」

　運転員はシニカルな表情で言った。ラッパ型の重い拡声器を彼が肩に担ぎ、ワタシは携帯電話ほどのボイスレコーダーを持ち、二つを結んだコードの距離以上に離れないよう気をつけながら湖岸を回った。一人で持てないことはないのだが、トラブル対応は決して単独では当たらないのが常識なのだそうだ。

「こんなことなら、貯水池の周囲に拡声器を設置して放送を流せば済むんじゃないですか」

　ワタシの提案を運転員は笑いながら否定する。

「それじゃ田んぼの案山子（かかし）と同じですよ。放送なんて馬耳東風、やりたい放題ですよ」

　ある程度の実力行使は必要、しかし度が過ぎてトラブルを招いてはダメ、落としどころがこのチンドンなのだろう。釈然としないまま、二人で周回路を歩いた。
　三、四人の小学生が自転車で乗り付け、斜めに石を積んだ湖岸を水辺まで下りて釣りをしていた。近づくワタシたちをチラリと見たものの、わざと無視を決め込んで糸を垂らしている。やれやれと互いの顔を見交わしてから、ワタシたちは湖岸道路のガードレールを跨ぎ、水辺へ下り始める。近づいて放送を繰り返すと子どもたちの表情が曇り始める。「うぜーなぁ」「魚が逃げちまうつーの」「悪いことしてねぇーし」、腹立たしげに呪詛（じゅそ）の言葉を吐いていたが、ついに諦めて竿を上げ糸を巻いた。これ見よがしにバタバタと片付けると自転車に跨がり去っていく。一人がワタシたちに聞かせるための大声で「キョウイクイインカイに電話してやろうぜ」と、今日びの子どもらしい悪態をついて乱暴にペダルを蹴って行った。

運転員は真面目な男だった。チンドンには、場長も出たし庶務係も駆り出された。しかし手が空いている限り、運転員とワタシが回る日が多かった。

「僕は、いずれは県庁で働くようになりたいんですよ。技術系の職員だから現場に配置されることが多くて、不利って言うか狭き門だとは思うんですが、本庁でスーツを着て働くのって憧れますよね」

水道畑ばかりを異動してきた彼は、湖岸の周回路を歩きながら素直に夢を語った。本庁で働くほど偉くなりたい、それは普通の人が一般的に抱く願望なのだろうなぁと思った。自分にはそんな発想がなかったことを、振り返ると不思議な子どもの時の懐かしい失敗を思い出すようにワタシは思い出した。

白髪の釣り人がいた。道具の様子からして、それほどの釣り好きとは思えない。ちょっと暇つぶしにという印象の老人だった。その老侵入者を無視して運転員は通り過ぎようとする。

「チンドン、やらなくていいの？」

ワタシが訊ねると、

「見逃してあげましょうよ」

微笑みながら、そんなことを言う。

「老人のキョウイク問題って知ってます？」

運転員は意外なことを訊いてくる。

「お年寄りの生涯教育とか、健康指導とかの話？」

当てずっぽうで答えると小さく笑われた。

「身体はまだまだ元気だけど、毎日することがないってお年寄りが増えているんですって。つまり、今日はどこへ行くかってことが問題になるから、キョウイク問題。一昔前の中学生みたいにゲームセンターに入り浸る老人さえ結構いるんですって」

新聞か雑誌で得た雑学なのだろう、運転員はそんなことを教えてくれた。

「ゲームにふけったり、用もなくショッピングモールを徘徊するのに比べたら、自然の中での釣りなんて理想的な老後の姿じゃありませんか」

そう言ってすたすたと歩み去っていく。

「水はいいですねぇ。融通無碍(ゆうずうむげ)で自由で……あんなふうに生きられたらいいんですがねぇ」

運転員に対する信頼のようなものがワタシの中で芽生え始めていた。

人見知りの子どものように、庶務係は最初寡黙だったから、二人ともほとんど無言で湖周を回った。しかし、回を重ねて気心が知れてくると、尋ねてもいない内輪のことまで喋る気のいい人だった。五年前に離婚して、息子を引き取り二人で暮らしていること。だから、残業のない浄水場勤務を自ら希望して異動してきたこと。できれば適当な人を見つけて再婚した方が子どものためにもいいと思っていること。その息子が中学生になって不登校になってしまったこと……。

「検査員さんってセンセイしてみえたんですよね？　不登校って、どうしたら治せるんでしょうねぇ？」

そう訊かれても、ワタシは「さぁ……」としか答えようがなかった。すると、『さぁ』って！」と甘く非難する口ぶりでワタシを睨んだ。

「学校が嫌だから行かない……息子さんにとっては自然な判断で、正しい行動なのかもしれませんよ、案外」

思ったままを正直に答えると、「当てにならないセンセイね」と艶やかに憤慨した様子でそっぽを向かれてしまった。

俗物根性にネクタイをつけて背広を着せた、場長はそんな男だった。

「場長っていうのは、これでも本庁で言えば課長級なんですよ、へへへ。私も後二年で定年ですからな、どこか迎えてくれる口を今から探しておきませんとな」

「最近デジカメを始めたんですわ。なんせ老後に趣味もなしじゃ、ポックリ逝きかねませんからな。四十年宮仕えしてピンピンコロリじゃ、割に合いませんわ」

場長とチンドンに出ることは滅多になかったが、周回する間中、豊かな自然の中でそんなことを大声で喋り続ける男だった。

ある日、運転員と庶務係がチンドンに出る番だった。機械を持って事務室を出て行く二人を、たまたま廊下で背後から見送る形になった。庶務係が運転員の手を握るのが見えた。ワタシは心の中で小さく叫んだ。男の指を捉える庶務係の白い指の柔らかな動きで、瞬時にたくさんのことが分かった気がした。背後で立ち尽くしていたワタシに気がつき、庶務係が振り返った。ワタシを見つめるその目は照れて笑っているようにも、甘く咎めているようにも見えた。


例年にない暑い夏になった。四十度に届こうかという猛暑日が連日のように続いた。午後になると丘の彼方に白亜の高層ビルを思わせる積乱雲が涌き起こり、やがて地を震わすような雷鳴がとどろき渡って驟雨（しゅうう）が襲ってきた。そんなある日に事故は起こった。

浄水場ではあらゆる機械を電気で動かしているから、停電となれば揚水・浄化・送水・加圧の全ての機能が停止してしまう。そうした事態を防ぐため、全く異なる二系統の送電線を引き入れていて、一つの市域くらいの範囲の停電ならどちらかの電源が生き残り、電源を喪失せずに済むように設計されていた。しかし、その日の雷雲はまるで変電所や高圧鉄塔を狙うかのようにあちこちで急速に涌き起こり、基幹送電網に甚大な被害を与え、かつてないほど広範囲の停電をもたらした。

冷却や洗浄のために工業用水を引き込んでいる工場は、化学製品や半導体メモリー、自動車部品などに関連するところが多い。そのほとんどは二十四時間操業であり、一度生産ラインを止めてしまうと再稼働には大変な時間や労力がかかるのが常である。ライン停止のリスクを回避するため、停電時用の発電設備まで工場内に用意をしている。だから、製造に不可欠な水をストップさせてしまうことなど許されざることで、浄水場側も「多重防護」の考え方でさらに自家発電施設まで持っていた。

残っていた方の送電系統も突然ダウンし電力会社からの電力供給が途絶えた瞬間、自動的に発電装置が動き始めた。一瞬灯りの消えた事務室で再び蛍光灯が輝きだし、心配顔で集まっていた皆もほっと胸をなで下ろした。

「やれやれ、これで送水は続けられそうですな。水を止めでもしたら大目玉、私のクビなんかいくつあっても足りやしない」

心底安堵した様子の場長は、すぐにいつもの元気を取り戻す。

「もっとも二重三重に慎重に考えて設計してあるんですから、電源がなくなるなんてありえませんよ。備えあれば憂い無し、けだし至言ですなぁ」

しかし、ものの三十分も経たないうちに場長の顔は蒼白に変わった。事務室の計器は、自家発電装置の明らかな不調を示していた。発電量が徐々に減っており、原因はディーゼルエンジンの回転が落ちていることにあった。

「運転員、どうしたんだ。回転が落ちてるぞ！」

発電機建屋の様子を見に行っていた運転員に対し、構内電話で噛みつかんばかりに場長が怒鳴る。

「どうもおかしいですね。エンジンから盛んに黒煙が出ています」

運転員の冷静な報告に、雨上がりの水溜まりも気にせず、場長とワタシは発電機建屋に走った。

「どうも不完全燃焼を起こしているようです。止めて分解掃除でもできれば復旧するかもしれませんが、エンジンを止めたら電気もストップ、送水もストップしますからねぇ」

困り顔で言う運転員に、顔を真っ赤にした場長が吠える。

「送水ストップなんてあり得ない！　絶対にダメだ。なだめすかしてでもエンジンを動かし続けろ。電気を起こして水を送り続けろ！」

場長の悲痛な叫びに反して、エンジンは着実にその回転数を落とし続け、ものの十分も経たないうちに息を引き取るかのように動作を止めてしまった。奇声を上げて歩き回る場長をよそに、手早くエンジンを分解した運転員が意外なことを発見した。

「油ですよ、原因は。エンジン内でこんなに煤が出ているのは重油に問題があるとしか考えられませんね」

「と言うことは、エンジンを整備してもまた同じ事が起こると言うことか？」

場長がうめくようにつぶやいたところへ、事務室に残っていた庶務係が慌てて駆け込んでくる。

「場長、中央コントロールから電話です。ポンプはどうして止まったのかって大変な剣幕ですよ」

はじかれたように場長は駆け出すが、その顔は水死体の如く色を失って固まっていた。発電機の有様を聞いた庶務係が、遠ざかる場長の背中を見ながらつぶやく。

「得体の知れない安い重油なんか買うから！」

上から経費節減を求められた場長は、「自家発電なんて、どうせ実際に使うことはありゃしないんだから」と言って、折しも売り込みをかけてきていた聞いたこともない業者の格安重油を買ったのだそうだ。

浄水場から送り出された水は加圧されて丘の上にある配水池まで揚げられ、そこに一旦溜められる。それは「池」とは言うものの、外見は巨大なクリスマスケーキ状の「タンク」で、そこから高低差を利用した自然流下で契約先の工場へ送られていく。配水池の容量は総使用量の数時間分でしかない。タンクが空になる前に停電が復旧し、新たな浄水を汲み入れなければ、工業用水は断水となり各地の工場は停止を余儀なくされる。今回は、水の使用が多い真夏で、しかも平日の昼間という悪条件が重なった。停電の回復状況を電力会社に問い合わせたり、ディーゼルエンジンの分解掃除と重油の濾過を試みているうちにも、配水池の水はみるみる減っていった。断水を示す赤いランプが事務室の制御盤の上で点滅し始めた時、場長はガックリと肩を落とし嗚咽のような声を漏らした。

結果的に、断水したのはそれほど長い時間ではなかった。水が底をついた三十分ほど後には停電が解消され、浄水場はまた動きを取り戻し、水は順次供給されていった。しかし、その小一時間ほどの断水が致命的だった。あちこちの大規模な工場でいくつものラインが止まり、平常操業に戻るには何日もの余計な点検やら再調整が必要なのだという。

「数億円の損害だと言われております」

翌日、浄水場を統括する企業局の局長がすっ飛んできた。塩をかけられたナメクジのような場長の案内でわずか三十分ほど機械を見て回ってから、事務室でワタシたちを並べて叱責としか言いようのない訓辞を垂れた。

「工場側から賠償を求められれば、県としてはそれを血税から支払わなくてはなりません。県民に対して誠に申し訳のない事態であります」

夏なのに軽そうな上着をキチンと着て髪を撫でつけたその男は、喋り慣れた落ち着いた態度でワタシたちを見回した。

「県といたしましても、弁護士など第三者も含めた事故調査委員会を早急に立ち上げ、事故原因の究明に当たる所存です。皆さんもご承知のように、本県では生活者起点の視点に立ち『しあわせ創造県』の実現をミッションとし、職員一丸となって●●●●の向上に努めている中、このような事故を起こしてしまったことは誠に遺憾であります。木綱湖浄水場は県と民間企業、つまり官と民とを繋ぐ絆となるという意味を込めて付けられた名前だと聞いております。その絆であるべき工業用水断水の原因が、機械の整備不良にあるのか、浄水場の構造的な欠陥なのか、はたまた職員の慢心に起因するのか、今後徹底的に検証を行い、その結果に応じて必要な改革を速やかに行って再発防止に努めて参りたいと考えております」

丁寧で静かな話しぶりではあったが、内心に強い怒りを秘めていることは明らかだった。そして、議会答弁のような演説の中には理解できない言葉も含まれていた。●●●●はワタシにはケイヒンと聞こえたが、景品でも京浜でも、もちろん意味は不明だ。

「ケイヒンって聞こえたけど、何のこと？」

局長が話し終え立ち去ろうとしているのを見て、隣の庶務係に小声で訊く。

「経営品質の略で経品。組織を改善していくための活動のことで、東京かどっかに本部があるの。自らをアセスメントして『強み』やら『弱み』やらを明らかにしていくんだって。いま県庁で宗教みたいに流行っているらしいよ」

声をひそめて教えてくれる。経営品質の向上か……ワタシの頭には、工場でカイゼン・改善とやかましく追い回されている労働者たちの姿が浮かんだ。

「ちょっと待ってください」

事務室を出て行きかけた局長の背中に運転員が声をかける。

「今回の事故の原因なんて、調査委員会を作るまでもなく明白ですよ」

緊張のせいか、声が硬い。局長は戸口で振り返り、場長の顔には狼狽の色が浮かぶ。

「発電機の停止は不良重油が原因です。そしてそのおおもとはと言えば、そんなものを購入せざるを得ないような過度の経費削減を現場に強いてきた本庁の姿勢にあると思います」

運転員の論旨は実に明快で、真実を突いていた。「その通り!」、ワタシは賛同の声を上げそうになったが、少し考えてやめにした。気の毒なほど取り乱している場長に気を遣ったわけでは決してない。言ってしまうと、自分がまたいつかと同じ事になるような気がしたから。過剰に頑張ると結局自分が壊れていくような気がした。残念ながら、頑張っても変わらないものは世の中に厳然とあることが、やっと分かってきた気がする。

「君、我々は学級会をやっているんじゃないんだよ！　意見があるならちゃんと文書にして具申しなさい！」

何とか室長と名乗ったお付きの部下が尖った声で言い放ち、局長を促し後に従って出ていった。その後を、泣きそうな顔で低頭している場長が追った。

「あんなこと言っちゃって」

三人が残った事務室で、庶務係が軽く咎めるような目で運転員を眺めた。

「僕はいくつになっても大人になれないんですよ」

俯（うつむ）いて言う運転員はどこか自嘲的な口ぶりだった。

場長は戒告処分を受けた。「定年後の行く先がなくなった」と、本人は盛んにぼやいていたが、意外に軽い処分に思えた。

しかし、それはあくまで序幕でしかなかった。月末になると運転員の依願退職と庶務係の時期外れの異動が明らかになった。子細を尋ねても運転員は苦く微笑むばかりで何も明かさなかったが、庶務係は憤慨した口調ですべての経緯を打ち明けた。場長は、二人を呼び出して「職場における不適切な関係」をネチネチと追及し、双方とも停職は免れないだろうと脅した。結局、庶務係に迷惑が及ぶことを恐れた運転員が彼らしくキッパリと身を引くことを申し出ると、待っていたように、それなら庶務係は異動だけで済まそうと軟化して話は決着したのだと言う。昼行灯のように見えた場長が職場の裏側の人間模様まで摑んでいたことにまず驚いた。しかし、退職にまで追い込むほどのことだろうか。

「そうしておいて、退職の副申書には『重大事故の責任を感じているようだ』みたいなニュアンスで書いたみたいなのね。機械の整備に事故の原因があったような雰囲気を作り上げ、彼をスケープゴートにして自分の責任から目をそらさせようという魂胆なのよ」

自分が危ないとなれば、部下をそこまで陥れても助かろうとする役人の醜さに虫酸が走る思いだった。だが、臨時採用の検査員でしかないワタシにできることは実は何もない。

「あ〜ぁ、こんどのとこじゃ残業いっぱいだろうな、どうなっちゃうんだろ私の生活」

運転員とのことはどうするつもりかと尋ねたい気がしたが、止めておいた。ワタシの関わることでも、何かできることでもないと思ったから。

翌月になると早速に二人の後任が来た。運転員も、ワタシと同じ臨時職員に切り下げられた。定年退職後のその男性は、かつて大きな会社に勤めていたらしいが、言葉を交わすようになると、老後が不安でまだ働くのだと言ってぼやいていた。庶務係の後任も六時間だけのパート勤務に切り替えられた。学校を出たばかりの若い女の子は、最初のうちこそ事務室でまごまごしていたがパソコンに向かうと驚くほど優秀だった。今どき正社員の職なんてどこにもない、少し馴染むとそんなことを小声で言ってこぼしていた。

二人を連れてチンドンに出ていた。二人とも差し迫った仕事はなかったから、別々に教えるよりはと思って一度に二人を連れ出した。新しい運転員にスピーカーを持たせ、若い庶務係にはボイスレコーダーの操作法を教えていた。湖の端の堰堤まで来ると、満々と水をたたえた湖面の反対側では、夏の間に伸び放題に成長した雑草が土手の斜面を覆い尽くしている。明らかに盛りを過ぎた暗い草色の中、キバナコスモスが鮮やかな色であちこちに咲いているが、草刈り機を持った数人の初老の男たちが端の方から除草を始めている。安価なシルバー人材の作業員たちをこの時期だけ委託することにしたらしい。花も草も無造作に等し並みに刈り取られていく。

「チンドンなんて、馬鹿らしいと思いませんか?」

二人の心中を思いやって声をかけたが、まだ本音を漏らすほどワタシに対して心を開いていないのか、二人とも曖昧な表情のまま黙ってついてきた。

堰堤の上の舗装路を歩いていたワタシは、突然強い目まいを感じた。また心のバランスが崩れつつあるのだろうか。立っていられないような不安感を覚えガードレールを掴もうと湖岸側に寄った。湖面にさざ波が立っているように見えた。

「地震ですか？」

問いかけたが運転員も庶務係も答えない。立ってはいられない気がして地面に両膝をついた。目の前の、舗装された堰堤に亀裂が走り、それは見る間に大きくなりワタシを呑み込もうとする。恐怖に耐えられず目をつむる。体が回転する浮遊感があったがどこも痛くはない。これは現（うつつ）なのか幻なのか、自分でも分からなくなっていた。飲み続けている白い錠剤の形だけが、やけにはっきり脳裡に浮かんでくる。今まで確かに浄水場で働いていた気もする。しかし、それは詰まるところ夢でしかなかったのかもしれないとも思う。ただ、何かに包まれて押し流されていくような無力感はあった。ああ、ワタシはいったいどこに流れていってしまうのだろう……遠ざかりつつある意識の中で、まだそんなことにこだわっていた。

幸せの隣

＊郁子

「あれって、明日香（あすか）？」

さきほどすれ違ったばかりの人影を、郁子（いくこ）は左のドアミラーで確かめた。女性にしては背丈のある後ろ姿や、颯爽とした懐かしい歩き方に確信が持てると、道路脇に車を寄せてドアを開けた。

「明日香！」

郁子の声に驚いたように振り返りこちらを認めると、明日香は満面の笑みで歩道を駆け戻ってくる。

「わーっ、郁ちゃんじゃない。ずいぶん久しぶりだねぇ。あんたたちの結婚式に呼んでもらって以来かもねぇ」

そう言ってしまってから、すぐにペロリと舌を出す。

「あっ、ごめん。嫌なこと言っちゃったね。私って相変わらず馬鹿だよねぇ」

「はは、離婚したこと、東京まで聞こえてたんだ。でも、もう三年も前のことよ、気にしてないわ。それより明日香は元気なの！　今も東京でしょ？」

高校時代に最も仲の良かった同級生も、郁子同様に三十歳になっている。自分にごたごたが続いて、ここ数年は年賀状の遣り取りくらいしかつき合いがなくなってしまっていたが、結婚したという話は聞いていない。

「うーん、まああってとこかな。私もいろいろあったんだけどね、何とかやってるよ」

どことなく歯切れの悪い返答が、郁子の心に少しばかり引っかかる。

「そうかいろいろあるよね、お互いに。もう六、七年は会ってなかったもんね、またゆっくり話したいよね。で、今日はどうしてこっちに？　長くいるの？」

その郁子の質問にも、明日香は一拍の間をおいてから答えた。

「お母さんが入院することになってさ。入院って言うか、施設に入るんだけど。ほら、認知症って奴なんだ。お父さん一人じゃ手に負えないみたいだから」

明日香の笑顔は無理に作った感じで、どこかに硬さが残っていた。

「えーっ、大変だねぇそれじゃ。私も明日香にいろいろ聞いてほしいことがあるんだけど、今から仕事なんだ、ごめんね。あっそうだ、携帯の番号言うから入れてね」

明日香は急いで携帯を取り出すと、郁子の言う番号を押した。

「私のはこれね」

明日香が言うと同時に、郁子のポケットで呼び出しのメロディが鳴って、すぐに途切れた。

「ちゃんと登録しとくから。また連絡するね。お母さん、お大事にね」

そう言って車内に戻り、ウインカーを出して走り出す。ルームミラーの中では、明日香が寒風に吹かれながら歩道に立ってまだ手を振っていた。


「翔太（しょうた）、早く食べてしまいなさいよ。お風呂が遅くなるでしょ」

声がいつになく刺々（とげとげ）しいものになっているのが、郁子は自分でも分かる。拙い箸使いで皿の上の唐揚げや野菜を弄び、ご飯の茶碗や汁椀を持ち上げては下ろしている息子の顔をキッと睨むと、翔太は泣きそうになって母親を見つめ返してくる。

「……………」

口の中で何かモゾモゾと言っている。

「何？　はっきり言わなきゃ、分からないわよ」

しかし、翔太の言いたいことは郁子には分かっている。分かっているからこそ口調がきつくなってしまうのだ。仕事が終わった後、保育園へ迎えに寄った。その時も、アパートへ帰って食事の支度を始めてからも、息子はしつこいくらいに母親にまとわりついてきた。今週になって、郁子が夜も仕事に行くようになり、息子のそんな行動が始まった。

「今夜もお仕事、行くの？」

ためらいつつ、翔太はあどけない口ぶりで、そう言う。

「そうよ、行かないとお給料がもらえないでしょ」

郁子は、五歳になったばかりの息子の心中を思いやって、努めて優しい言葉で言う。

「でもボク、夜はママと一緒にいたい……」

そう言った翔太の口元が歪み、涙が目尻から一筋流れ落ちてするすると頬をつたう。それを見てしまうと、年端もいかないのに今夜も一人で寝なくてはいけない息子に対する不憫さが奔流のように湧き上がってくる。そしてそこへ、養育費すら払えなくなった別れた夫に対する腹立ちが加わり、さらに幸せに暮らし始めたはずの自分が陥ってしまった今の苦境に対する苛立ちやらがない交ぜになる。そして正体不明の強い感情ができあがり、それが郁子の胸を火山の噴火のように激しく突き上げてくる。

「ダイスケがお金を送ってこなくなったから、働かなきゃ仕方がないのよ！　それくらい、もう翔太にだって分かるでしょ。お金がないと、ご飯が食べていけないのよ！　この部屋に住めなくなるのよ！　泣かないでよ、もう泣かないで、お願いだから」

最後は、郁子自身が泣いているような声になった。翔太は、食べるのを止めて俯いてしまった。

離婚した後、夫だった大輔のことを今までのようにパパとは呼ばないことにした。我が子にはもう父親はいない、しかし私が働いてちゃんと育てていくのだという気持ちを自分で奮い立たせるためにそうしている。だが現実には、養育費が入らないとなると生活はてきめんに困窮する。

郁子が二十七歳で離婚したのと同じ頃、実家の父が倒れてあっけなく逝った。結婚したばかりの若い弟が液晶パネルを作る工場で三交代勤務をしながら、身重の妻や母とつましく暮らしている実家に、もはや郁子の帰る場所はなかった。自分で部屋を確保し仕事を探そうと、当時二歳だった翔太を保育所に預けようとしたが、公立の保育所は働いている母親優先で、「働いていない母親の子は預かることができない」と融通が利かなかった。そして、無認可の保育所の保育料は、それを払えば大輔からの養育費が消えてしまうほどに高かった。ハローワークの紹介状を持ち、いくつもの会社の面接に行った。「何か資格はお持ちですか?」、短大を出ただけの平凡な女に、そんなものがないことは履歴書を見れば分かるのに、意地の悪い質問が浴びせられた。「小さな子供さんがみえるんですね。その子が病気になるたびに、会社を休むんですか?」、何十回も面接を受けたが、子連れの独身女を正社員で採ってくれるところなど一つもなかった。

貯金を取り崩しながら何ヵ月も求職活動を続けた挙げ句、今働いている小さな建設会社に入れてもらった。伝票を整理したり見積書の清書をしたりという簡単な仕事で、パソコンが少々できればやれる内容だったということもあるが、家族経営に近い規模の会社で、事務所といっても社長の妻以外はパートが一人いるだけで何かと無理が言えた。子供が熱を出したから仕事を休みたいと電話しても嫌な顔をせず、かえって具合を案じてくれた。そんな職場だからこそ三年間働き続けることができた。しかし、支払われる時給は八百円でしかなく、ひと月働いてもアパートの部屋代を払い、電気代、ガス代、水道代が口座から落ちれば、食費にも足りない額しか手に残らなかった。

大輔が養育費を払えなくなったのは、勤めていた会社が倒産したからだ。電話を掛けてきて、その経緯を細々と説明していた。「グローバル化」だとか「経営上の判断ミス」だとか言われても郁子にはよく分からない。要するに、離婚の原因となった銀行を退職する騒ぎの時とは違って、今回は大輔の短慮が原因ではないらしい。

「退職金も出るような状態じゃないし、こんな理由だから雇用保険はすぐに出るんだけど給料の六割しかないし……」

養育費を払う余裕がなくなったことを、低姿勢で言い訳がましく説明する大輔の電話には頷くしかなかったものの、「仕方がない」で済ませられる問題でもなかった。今夜、仕事が忙しくなる前にもう一度電話をしよう、郁子はそう考えていた。

翔太と一緒に風呂に入り、息子をベッドに寝かせてから手早く自分の身支度をする。今から夜中の一時まで、弁当工場へ生産管理の仕事に出かけなくてはならない。県内各地のコンビニからオンラインで届く発注伝票を整理して生産ラインへ伝達する仕事だ。各種のおにぎりや弁当の数はもちろんコンピュータ上で集計され、リアルタイムで生産部門へと伝達されていく。また同時に機械が伝票を読み解いて、今夜必要なレタスの数、鮭の切り身の数量等々をはじき出して来る。それらは定時ごとにプリントもして、仕入部門の担当者に流さなくてはならない。注文が殺到する深夜零時前、パソコンはデータの着信を知らせるチャイムを連続して鳴らす。他には誰もいない事務室の中で数台のパソコンの前を慌ただしく行き来してデータを整理し、結果を構内ＬＡＮで繋がった担当の端末へ送る。基本的にはすべて機械が処理してくれるから、それがちゃんと動いていることを確認さえしていれば良いのだが、もし自分の過失でこの巨大な弁当工場の機能を止めてしまったら……などと考えると背筋が冷たくなるような気がする。仕事を終えて帰宅し、蒲団に倒れ込むのは二時前。翌朝、また建設会社へ出かけるまでのわずかな睡眠では疲れも抜けないが、深夜の勤務なので千二百円の時給がもらえる。

誰もいない一人きりの部屋での勤務だから、もう化粧はしない。駐車場から事務所までの寒さを考えてダウンのジャケットをがさがさと着込み、出がけにベッドの横で翔太の顔を覗きこむ。安らかな寝息を立てているように見える。しかし、睫毛の微かな揺れを見れば、それが本当に眠っているのではないことはすぐに分かる。仕事に行く母を心配させてはいけないと考えたのだろう、五歳児の気遣いに郁子の胸はまた激しく波立つ。しかし、息子の髪に軽く手を触れると、このままベッドの上にくずおれそうになる自らの気持ちを引き剥がすように郁子はすっくと立ち上がった。仕事に行かねばならない、息子との生活を守っていかなくてはならないのだから。

もう一度火元を確かめてから外に出て、玄関の鍵を回す。テレビで観たドキュメンタリーの一場面が、ふと脳裡をよぎる。やはり夜の仕事に出なくてはいけないその母親は、子供がぐずって離れない時、睡眠薬を与えて眠らせてから出かけるのだと悲しい顔で語っていた……。指先に触れる金属の鍵が、今夜はことさら冷たく感じられた。

＊大輔

「失業給付から払うのは無理でも、貯金だって少しはあるんじゃないの？　そっちから払ってよ！」

「貯金って言ったって、俺たちにどれだけの貯金があったか、お前の方が良く知っているだろう。それにそのあらかたを別れるときにお前が持って行ったじゃないか。無茶言うなよ」

「無茶って何よ。離婚した父親が子供の養育費を払うのは当たり前でしょ。払いもしないで、偉そうに言わないでよ」

　別れた妻の口調が怒りを帯びてくる。下手に出ておかないと、翔太と会うこともできなくなりかねない。

「いや、悪いとは思っているよ俺も。ただ、うちの会社、業績が苦しいのは帳簿からもよく分かっていたけど、こんなに簡単に潰れるとは思ってもいなかったからさ。俺だって困っているんだよ、本当に」

「仕事はちゃんと探しているんでしょうね、ハローワークは行っているの？」

「もちろん行ってるさ。二つ面接受けてあって、いま結果待ち。これで五、六社受けた。だけど三十歳代半ばの中途採用で採ってくれるところはなかなかないねぇ」

「何を他人事（ひとごと）みたいに気楽なこと言ってるの。また銀行員時代のコネを頼って、どこか紹介してもらったらどうなの」

「お前ねぇ、銀行を辞めたのって、もう四年も前だぞ。それに自分から辞めますって言ったんだぞ、今更どの面下げて頼れるんだよ。訳も分からず気楽なこと言ってるのはどっちだよ」

　大輔の中でも苛立ちが膨らみつつあった。また、互いに貶（けな）し合い口汚く罵り合ってバタンと携帯を閉じるいつもの展開になるのかと、気の重い予想が頭をよぎる。郁子も同じことを思ったのか、いくぶん口調を和らげる。

「とにかくこっちは苦しいのよ。私がダブルワークで夜も働かないとやっていけないんだから。昨夜だって五時間も寝てないのよ。お願いだから早く仕事見つけて、お金を送ってよ」

懇願口調で迫られては、「分かった」と返事をするより他はない。とにかくもう少し待ってくれと言って携帯のボタンを押す。腹の底から絞り出すような大きなため息が、ワンルームの部屋に響く。天井の蛍光灯は寿命がきているのか、光が細かく震えるようにちらついて大輔の気持ちをいっそう落ちこませる。

大学を出るとき、時代はいわゆる「就職氷河期」のまっただ中だった。バブルが崩壊して大手の証券会社が廃業したり、有名な銀行が国有化されたりした直後で、採用を手控える会社が多く、それなりに名の通った大学ではあったが、出身地でもない県の二番手地銀とは言え「銀行」に入れただけで同級生からはうらやましがられたものだった。二つ目の支店に勤務していた二十八歳のとき郁子と結婚し、二年後には翔太が生まれた。順調に幸せな家庭を築きつつあるはずだったし、何とか「勝ち組」に滑り込めたかなと自分でも思っていた。都市銀行ですらいくつかのメガバンクに収斂していく中で、地方の銀行も系列化されつつあった。大輔の銀行も他行との経営統合が常に噂されていたが、アメリカ発の経済不安が起こって事態は緊迫の度を増した。支店の統合が急速に進められ、またもや新入行員の採用抑制が打ち出される中、大輔は系列の信販会社への出向を打診された。

「二年で必ず呼び戻す。それも今度は本店勤務で戻すから、ここはひとつ不承してくれよ」

支店長はそう熱心にかき口説いたが、その表情はどこか硬いように思えた。本店復帰の更なる確約を大輔が求めると、上司は苦い顔をして押し黙った。

「君、無理を言っちゃいかんよ。これは本店人事部の意向なんだから」

「しかし、私にだって家族があるんですから、確かな約束もないのにローン会社なんかに移れませんよ」

支店長はもう「説得」は諦めたようだった。そして冷たい口調で言い放った。

「君は、まだサラリーマンというものが分かっていないようだね。それほど残りたいなら残ればいいさ。しかし、残るのが地獄ってことだってあるんだよ」

三十歳にして既に自分が選別され、体の良いリストラ要員になっていることを、大輔は悟らざる得なかった。オブラートに包まれたその申し出を蹴った以上、これ見よがしの追い出し工作が始まるのは明らかだった。大人のすることとも思えない露骨な嫌がらせを受けて、腹を立て自信をなくして辞めていった行員を今までに何人も見てきた。

大輔は自ら申し出て銀行を辞めた。銀行と取引のあったある社長が「うちで経理を見てくれないか」と前から声を掛けてくれていた。永遠に出世の目などなくなった銀行にしがみついてボロボロにされるよりも、新天地で伸び伸びやろうとその誘いに乗った。従業員は百人にも満たない規模の町工場だったが、自動車の精密部品を得意とする金属加工のその会社は、精緻な加工のできる高い技術力を持っており、地元では安定企業と目されていた。

銀行を辞めることに郁子は反対だった。小さな会社に移る不安をぬぐい去れなかった。銀行で我慢するべきだということを遠回しに言った。「銀行員なら心配ないのに」と何度もこぼした。「残る」選択肢など事実上はないのだと説明しても、家族のことを考えてと哀願してきた。結局、自分の言い分を通した形の大輔とそれを理解することのできなかった郁子との間に生まれた溝は、急速にその幅を広げていった。家の中での諍いが日常となり、大輔は酒や遊びに逃げ、家から足が遠のくというお定まりの破局コースを辿った。

「あなたとなら堅実で幸せな家庭を築けると思ったのに」

離婚を決めたとき、俯きながら郁子はそう洩らした。転職という自分の判断が間違っていたと思いたくない大輔は、ふて腐れるしか取るべき態度がなかった。

一人になってからも、二年ほどはそれなりに平穏な生活が続いた。翔太とも時々は会えたし、養育費もちゃんと振り込めた。「グローバル化」だとか「歴史的な円高」だとかの言葉が躍る中で、モノ作りの工場も海外進出が続いていることはもちろん知っていた。大輔の会社でも、親会社からは絶えずコスト削減を求められていたが、もう削れる冗費などどこにもなかった。しかし利益を削ってでも納入単価を下げなければ、親会社は容赦なく注文を切ってくるだろう。県下の同業の経営者たちも、連れだってインドネシアやらタイやらに視察に出かけていたし、乾坤一擲（けんこんいってき）の大勝負を決意し悲壮な覚悟で海外進出を決める会社が少しずつ出始めていた。

「でもなあ、外国に工場作ったら、こっちの従業員はどうするんだ。指導係って言ったって、全員連れて行けるわけじゃなし、あとの人にはもうクビですって言うのかい。親父の代から勤めてくれてる職人さんに向かってさ」

社長は事務室で大輔たちに向かってよくぼやいていた。情の厚い社長にしてみれば、海外進出そのものの不透明さや不確実さよりも、それに伴って同時に行わざるを得ないこの工場の縮小と人員整理への抵抗感が、どうしても最後の一歩を踏み出すことのできない大きな理由であった。

しかし、温情に起因するその躊躇（ためら）いが結局は命取りになった。親会社は、ある日突如主力製品の注文を大きく減らしてきた。パソコンに送られてきた数字を見て驚愕した社長が慌てて電話をすると、担当者は「弊社の中国工場近隣にある現地協力工場で部品調達に目途が立ちましたので」と、しれっとして言ったという。社長が訪ねて懇願しても、長年の納品に対する感謝も労（ねぎら）いもなく、ビジネスですからのひと言で売上高の半分近くを占める注文がカットされた。そして、その打撃から立ち直るべく社長以下工場一丸となって奮闘している最中、苦し紛れに受けた筋の悪い新規の仕事で摑まされた手形が不渡りになり、その煽りで一挙に資金繰りが苦しくなって、あっけないほど簡単に大輔の会社は潰れた。

炊飯器の電子音が炊きあがりを知らせている。持ち帰りの弁当屋でおかずだけを買ってきたのを電子レンジに入れて温め、即席味噌汁の椀に湯を注いで遅い夕食の準備をする。

明日もハローワークへ行って検索機で仕事を探そう。いま受けてある二社の結果が出るまでに、もう一社紹介状をもらっておけば、不採用だったときにすぐ次の面接に行ける……明日のことならまだしも見通せる、大輔は貧しい夕食を食べながら、見える範囲の未来のことを考えようとしていた。

＊明日香

「もう眠くって眠くって！　私、毎日四時間睡眠なのよ、ここのところ。もうやってられないわよ！」

気の許せる相手との電話は久しぶりなのか、ぼやき続ける郁子の声は、それでもどこか明るい。

「へぇー、頑張ってるんだねぇ郁ちゃん。でも、身体壊さないように気をつけないといけないよ」

故郷の駅前で偶然再会してから三週間、明日香の携帯に着信があった。話し始めのぎこちなさも、お定まりの挨拶をやりとりするうちには解(ほぐ)れて、高校生の時の気の置けない関係がすぐに蘇ってきた。

「そうだねぇ、でもねぇ今言ったような調子でダイスケのバカが全然あてにならないでしょ、頑張るしかないんだよね。翔太のことがあるからね。シングルマザーって辛いよ、ダブルワークやってる人も多いんだってさ」

しみじみと嘆いていながらも、声には充実した張りが感じられる。

「で、明日香の方はどうよ？　今も仕事は景気いいの？　私と違って都会で頑張るのが夢だったものね、昔から」

「うーん、そうだねぇ」

自分に振られた話題を避けるわけにもいかず、明日香は答えに詰まる。

「実はねぇ、私、ウツになっちゃってさ。仕事辞めたんだ」

一瞬の躊躇いの後、正直な答えがさらりと口をついて出た。

「えっ、うっそーっ！　マジで？」

郁子はそう言ったきり絶句してしまった。気まずい話題を持ち出してしまったかなという後悔が、ちらりと明日香の頭をかすめる。しかし、続いて聞こえてきた郁子の言葉は充分に温かかった。

「大変だったんだねぇ、明日香も。ごめんね、私、自分が離婚とかいろいろあったもんで、そんなことばっかり喋ってさ。人のことまで考えられなくなってた」

旧友を思いやる親身さが感じ取れて、明日香の中で高まっていた緊張は一気に解けていく。

「ううん、平気平気。私こそ湿っぽいこと言い出しちゃってごめんね。でもね、それなりに大変だったんだよ……」

高校を出た後、明日香は東京の専門学校で二年間ゲーム制作を学んだ。田舎に埋もれたくはないという気持ちが強くあったし、幼い頃から好きだったアニメに関わる仕事に就きたいと望んでいた。それに両親も、家業の仕立屋にもう将来はないことがはっきりとしだした時期だったので、一人娘の東京行きを許してくれた。ちょうど、家庭用のゲーム機が加速度的に高度化・複雑化していき、インターネットや携帯を通じたゲームが爆発的に普及していく時期だった。専門知識を持った人材は引っ張りだこで、明日香も小さなソフト制作メーカーに入ることができた。

与えられた仕事はゲームのプログラミングだった。クリエイターと呼ばれる人たちがデザインした新しいゲームの設計を、現実に動作するものにするため、コンピュータ言語で一つ一つのコマンドを入れていく。何十人もの人間が分野ごとステージごとに担当を決めて、その膨大な作業を来る日も来る日もこつこつと進めていく。新人の明日香に割り振られたのは、ゲームそのものの進行システムではなくグラフィックやサウンドの演出プログラムでしかなかったが、それでも作業は永遠に終わらないのではないかと思われるほどの量だった。毎日毎日コンピュータの画面を凝視してキーボードを打ち続ける。開発にかけられる期間は決められていて、期限が迫ってくると仕事は苛酷を極めた。何日も会社に泊まり込みお握りをかじりながらディスプレイを眺め、太陽も見ず風にも当たらないという日々が続いた。

それでも自分が関わったゲームが発売されれば誇らしかったし、そこには何かを作り上げたという創作に特有の達成感が確かにあった。仕事がきついかわり、二十歳過ぎの若者としたら驚くほどの給料がもらえた。家賃も物価も高い東京でも、充分楽に暮らしていくことができた。三年四年とそんなふうに過ごしながら、思い切って故郷から出てきて正解だった、その頃の明日香はそう確信していた。未来に向かって伸びる人生のレールが、はっきりと見えていると思っていた。

しかし、我が世の春を謳歌していたゲーム業界にも、確かな変化が目に見えないところで着実に起こっていた。爆発的なヒット作が次々に出てゲームソフトがますます大作化していく中で開発費が高騰し、たくさんの人材と潤沢な資金を持ったよほど大きな組織でないと長期にわたるその制作を乗り切れなくなっていき、結局は業界の寡占化と分業化が進んだ。中小のプロダクションや制作会社が潰れるか業態替えを余儀なくされた。明日香の会社もその波に揉まれ、ゲーム作りそのものからは撤退し、他社製品の検品・修正を業務とするようになった。開発したばかりのプログラムには、バグと呼ばれる不具合や欠陥がどうしても残る。試作品を通常の動作やら想定外の使用状態やら種々の環境で実際に動作させてみて、現れてくるバグを発見し修正していく「デバッガー」の仕事に特化することに生き残りの道を見つけたのである。社員からすれば、日々おこなうことに大きな変化はなかった。やはり終日コンピュータを睨みキーを叩くのが仕事で、納期が迫ればやはり徹夜が続いた。ただ給料は無残なくらいに下がったし、何よりもそこには新しいものを創っているという歓びがなかった。食わんが為にやっている仕事という寂しさだけが残った。バグ取りの仕事に変わって二年目になった頃、明日香は自分自身が歪みつつあることを自覚した。

「いっときはひどかったんだよ。もう何に対してもまるっきり興味がなくなっちゃってさ、テレビも観たくないし音楽も聴きたくない。燃え尽きた花火の滓(かす)になったみたいな気持ちかな。パソコンのディスプレイなんか見ると吐きそうだったし、外にも出たくなかった」

「えーっ、ヤバイじゃん、それって」

快い調子で返ってくる郁子の相槌が、明日香の口を滑らかにしてくれる。

「何しろいつもものすごく不安なの。自分が何か深～い穴に落ちていくような気分なのね、ベッドで横になると、どこまでも落ちていくみたいで怖くて怖くて身体が冷たくなってくるの」

「超ー怖いねぇー、それって」

「自分でもこりゃダメだと思って心療内科に電話したの。そしたら診察は一ヵ月後になりますって言われた」

「ひえーっ、そんなに混んでるの？　いまウツの人多いって言うからねぇ。春先の耳鼻科状態だね」

「もちろん、予約のいらない別の医者に行ったけどね。抗不安薬とか選択的セロトニン何とかって薬とかもらって。でも、飲んでもすぐには効かないし、私には全然効かないのもあったし、もう何種類も飲んだわよ」

「で、どうなの今は。こうして話していると大丈夫そうだけど、まだ良くないの」

「もうだいぶ良いの、薬もずいぶん減ったし。やっぱり会社を辞めたのが良かったみたい。辞めますって申し出た日から気分が軽くなったのが自分でも分かったもの」

「やっぱり辛かったんだね、その会社。って言うか、都会でずっと頑張ってきた疲れが出たのかもね」

「自分では気楽にやってきたつもりだったのだけどねぇ」

「でも東京で一人暮らしって、やっぱり緊張してたんじゃない、いろいろ怖い事件とかもあるみたいだしね。あっ、明日香、彼氏とかはどうなってるのよ」

「ははは、創ったゲームの中には、イケメンはたくさんいたけどねぇ。現実じゃ、会社のソファで服のまま眠って、起きたらお握りかじってる女には誰も寄ってこなかったよ」

「だよねー、そんな仕事じゃ出会い少ないしねぇ。でもいいじゃん、しばらくはゆっくりのんびりしたら。貯金だってあるでしょう、高給取りだったんだから」

「まぁ、すぐには困らないけどね」

「またこっちにも帰ってくるんでしょ、お母さんのことだってあるし。こんどは一緒にご飯でも食べようよ」

「そうだね、帰ったらまた連絡するよ。電話、ありがとう。郁ちゃんと話せて本当にうれしかった」

郁子は照れたような笑い声で「じゃーねー」と言いながら電話を切った。明日香の心に温かいものが残った。

「かあさんか、相変わらずだ。毎週会いに行ってるが、わしが誰か分からん」

寒さも峠を越え梅の枝に小さな蕾が見え始めた頃、久しぶりに実家に電話した。母親の様子を訊ねる明日香の問いかけに、父は小さなため息をつきながら寂しげに答えた。

「かあさんは六十歳前に様子がおかしくなり始めただろ。若年性の認知症だから進行は遅いんじゃないかって話だったけど、ありゃだいぶ進んじまったな」

帰省をしたときには母の姿を目にしているのだから、その様子は容易に目に浮かぶ。明日香の口からも重いため息が洩れた。

「お医者さんの方はどう言ってるの？」

「どうって言ってもなぁ、そっちも相変わらずさ。四週に一度診てもらっているけど、かあさんの場合は脳が萎縮していくタイプらしくて、進行を遅らせる薬を出してもらってはいるけどね、はかばかしくないな、実際は」

「そう……。で、施設のほうは暮らしやすそうなの？」

問うても展望の見えない病状に、明日香は話題を変えていくしかない。

「ああ、リハビリとか音楽療法とか、いろいろやってくれているよ。食事とかお風呂との世話もちゃんとしてもらえるしな」

「お父さんが仕事の傍らに、デイサービス使いながら世話してたんじゃ限界があるものね。施設に入ってお母さんも喜んでいるよ、きっと。大変だったね、お父さんも」

「居心地が良いのか悪いのか、かあさんにはもうそれすら分かってないんじゃないかな。わしだって、かあさんの世話くらいはまだまだできたんだけどな、『他人さんですのにご親切にしてもろうて、ありがとさんです』って言われると辛かったな……」

六十歳を超えた二人で綴ってきた今までの日常が想像される。自分は故郷へ帰るべきなのだろうか、帰って父親と暮らす方が良いのではないだろうか、都会での夢を捨てる時期に来ているのではないか……折に触れて浮かんでは消える疑問が、また頭をかすめる。

「私、そっちへ帰ったら、何か手伝えるかな、仕立ての仕事は無理だとしても？」

言いにくそうな明日香の言葉に何かを感じたらしい父親は、少しせき込んだような調子で答える。

「なーんにもないよ。かあさんの方はわしが時々会いに行けばいいだけで、後は全部施設でやってくれる。それに第一、仕立屋なんてもう畳んじまったよ」

えっと驚く明日香に父が説明する。

「だって、かあさんがいる間はわしが外へ行けなかったけど、これで働きに行ける。国道沿いにある紳士服の大型店で、裾上げや袖出しをやるパートに雇ってもらったよ」

「へーっ、よく思い切ったね。東京に修業に行ってから開いて、うちの店、かれこれ四十年だったんでしょ」

故郷の自分の家というものは、何があろうとかつてのままいつまでも存在し続けるのだ、理屈抜きにそう信じ込んでいたところがあった。

「だって仕方あるまい。だいたいテーラーって言ってもね、これくらいの田舎町じゃそもそも苦しいんだよ。経済が伸びている頃は金回りのいい人たちもそれなりにいて、見栄を張って服を仕立ててくれたけど、チェーンの量販店がどんどんできてからの様子はお前だって知ってるだろ。閑古鳥が鳴きまくって、たまに来る仕事が昔に作ったスーツの幅出しや幅詰めだけじゃなぁ、やっていけるわけないよ」

「じゃ、私が東京の学校へ入ったときも実は大変だったんじゃない、仕送りとか？」

都会で一人で暮らせることがうれしくて急に大人になった気分でいたが、十八歳の自分には実は何も見えていなかったんだと明日香は振り返る。

「そう言やぁ、かあさんがスーパーのレジ打ちで働き出したのも、あの頃からだったなぁ。お前が帰省すると休んでたけどな。だけど、そんなことはもういいんだよ、店はすっぱり畳んでわしは仕事を見つけたんだから」

「でも、立派な職人が毎日毎日既製服の直しばかりの仕事でいいの？」

「シルバーさんにはこれくらいの仕事がちょうどいいんだよ。俺は職人になって四十年自分の店を守った、それで充分幸せだったと思っているよ。それより、こっちは心配ないから、お前は東京でしっかりやれ。だいたいこっちに帰ったって、プログラマーなんちゅう人間の働く所なんかありゃせんぞ」

「それもそうだね、私、都会人になり過ぎたかな、へへへっ」

「ははは、いつまでも垢抜けない都会人だな。で、体調の方はどうだ、夜は眠れるか」

「うん、大丈夫。どんどん良くなってきているのが自分でも分かる。ウツには休息が大切っていうけど本当だね。会社辞めて大正解！　ワタシって偉い！」

「バカ、病気になって威張ってるんじゃないよ。でも、まっ、調子いいんならそれが何よりだ」

「あんまり気分がいいんでアルバイトでもしようかと思ってさ、実はこの間見学に行ってきたんだよ」

近所のスーパーで買い物をしたとき、「うちの犬を知りませんか？」とか「家庭教師、やります」の紙が貼ってある掲示板に求人の広告があるのが目に留まった。障がいのある人が働く作業所の求人だった。考えたこともなかった仕事だったが、一日四時間だけの勤務だったから、自分にとってもリハビリに行くような気分で気軽に行けるかなと興味を引かれた。勤務時間は九時から十三時、仕事は作業補助で資格不要、年齢不問、土日休み、時給千円、交通費なし……貼り紙の要点を記憶し、連絡先を携帯に入れた。

数日よく考えてから電話をした。初めての仕事なので一度見学させてもらえないかと言ったら、こちらもその方が好都合だと電話に出た女性は答えた。仕事の実際を最初に理解してもらっておかないと、すぐに辞めてしまう人が多いのだと言っていた。

見学の日、言われた十一時に明日香は作業所に行った。来意を告げると故郷の父ほどの年齢の男性が現れ、施設長だと名乗った。作業室に案内されると、学校の美術室で見たような大きな作業机が三つ並んでいて、十人ほどの利用者が「仕事」をしていた。ガス器具を作っているメーカーから、その部品作りの一部を請け負っているのだと言う。スイッチのケースらしいプラスチックの部品に別の部品をパチンと押し込んでセットする仕事、そのケースに文字の印刷されたシールを貼っていく仕事、金属の棒にワッシャーと金具を通し、さらに別のワッシャーで留める仕事、注意書らしい紙を折り畳んで透明なポリの小袋に入れ口を閉じる仕事。

「昔で言う内職みたいな仕事ですよ、どれも。だから単価が安くてねぇ。あなたにやっていただきたい仕事は、利用者の皆さんの仕事ぶりの監督です。間違ってないか点検していただき、サボろうとする人には声を掛けてもらい、さらに言えば、納期までにこなしきれなかった仕事は職員でやっているのが実態です」

施設長が苦笑いをしながら説明してくれる。部品を押し込む仕事をしながら、絶えず何か意味の分からない声を上げている青年がいる。

「彼はいつも何か言ってるんですよ。私たちには分からないけど、彼なりの会話なんです。今日は機嫌がいい方の声ですよ」

明日香の視線の先を見て、施設長が説明してくれる。

「カッちゃん、お客さんだから、静かにしてね」

施設長の言葉に、カッちゃんが左手をまっすぐに挙げる。分かりましたの意味なのだろう。しかし、その手を下ろすやいなや、彼はまたアーオーと自分の言葉で喋り出した。周りの人たちが、仕方がないなぁと温かく微笑む。

「パートで来てもらってる奥さんがた数人と地域のボランティアさんたちに助けてもらいながら、私と家内とで何とかやっている小さな施設なんです。作業の内容はこの内職仕事がほとんどですから、利用者の皆さんに払えるお給料もしれた額で申し訳ないんですけどね。それでも、利用者の皆さんに、私だって障がいはあるけどちゃんと働いているんだって誇りに思ってもらえれば……そんな気持ちで続けているんですよ」

なるほど、施設長と三、四人の女性は揃いのエプロンをしている。この人たちが職員ということなのだろう。気がつけば、職員の人たちも利用者の人たちも、なんとなく顔つきが穏やかだ。この広い部屋の中でそれぞれに細かな仕事に向かいながら、時間はのんびりと流れている感じがする。

突然背後から一人の女性がふらふらと近づいてきて、明日香の横に跪きその手を取って撫で始める。

「チュチュル」

そう言いながら、明日香の手の甲に頬ずりしそうになる。思わず手を引こうとしたときに、エプロンの女性の一人がそっと手を伸ばしてその動きを制止する。

「避けないでやってください、お願い。『つるつる』って言ってるの、この子。あなたの手がつるつるしてきれいだって感動してるのよ」

言われるまま、明日香は手を預けた。その女性は明らかに麻痺の残る口で「チュチュル」と言いながら、嘗めんばかりに三十歳の女の手を愛おしみ続けていた。

壁の時計から、元気よく鳩が飛び出し正午を告げた。拍手をする人、歓声を上げる人、何やら大騒ぎになった。午前の作業が終わってお昼の時間になったのを喜んでいるらしい。内職の材料や道具を片付け、賑やかに昼食の準備が始まる。

「お昼が用意してありますから、食べていってください」

意外なことを施設長が誘ってくれる。

「今日は月に一度の誕生日会なんですよ。三月生まれの人が二人みえましてね。ケーキも用意してあるんですよ」

利用者はそれぞれに持ってきたお弁当を取り出して食べ始める。施設でまとめて取った配達弁当の蓋を開ける人もいる。

「保護者が高齢の場合、弁当作りも難しいですからね。そんな人への配慮も必要なんです」

そんな説明をしながら、明日香の前にも弁当一つを置いてくれた。

「すみません、安い弁当で」

横の席に着いた年配の男性は持参の弁当を置いたまま、踊るかのように左右の掌をヒラヒラと動かしていて、一向に箸をつける気配がない。気になって明日香が手を止めていると、

「自閉の人にありがちな行動なの。これをやらないと安心できないみたい。だから止めちゃだめよ」

通りがかった別のエプロンの人が教えてくれる。

皆がお弁当を食べ終えると、誕生を迎えた二人のために声を合わせてハッピーバースデーの唄を歌った。そして職員の手で小さなケーキが配られる。自分の前のケーキを見て、くんくんと匂いを嗅ぐ人、全く興味を示さない人、指でケーキの横腹をつつく人……あちこちのテーブルで様々な反応がある。

「かわいーっ！」

奥の机で甲高い声が上がった。見ると、車椅子の女性がケーキを真上から覗きこんでいる。もう五十歳は超えたと思われる太った人が、小さなカップケーキを見つめている。

「あーっ、そうか、熊さんなんだね。ミナコさん、よく気がついたねぇー」

施設長が同じようにケーキを覗きこんでいる。上から見ると小熊の顔に見えるようにデコレーションしてあるらしい。ミナコという女性はプラスチックのスプーンを持つ手を止めたままケーキを見つめ、心の底から感嘆の声を上げ続けている。

「ここで働きたい」……ミナコさんや周りの人たちの姿を見ていた明日香は、不意に強くそう思った。心と心が直接触れ合うような、こんなまっとうな職場で私も働きたい。そういう思いが胸の奥からこみ上げてきた。

「ぜひ働かせてください。私なんかで良ければ」

そんな言葉が口をついて出ていた。

「こんな調子の作業所ですが、よろしいのですか？」

向かいに座った施設長は、うれしそうに微笑んでくれた。

先日の様子を、明日香はかいつまんで父に話した。

「まぁ、お前が楽しく働けそうならわしは何も言うことはないよ。でも、無理はするんじゃないよ。お金が苦しければ、少しくらいは送ってやれるから。焦る必要はないよ」

父はそう言って電話を切った。携帯を閉じてから、その四角な機械に向かって「ありがとう」と明日香は言った。

「なーんか、もうみんな嫌になっちゃった。どうにでもなれーって感じ」

明日香が施設で働き出して数週間が経った頃、電話を掛けてきた郁子は呂律(ろれつ)が回っていなかった。

「どうしたの郁ちゃん。お酒飲んでるの？　何かあったの？」

「何か？　うーん、あったの。悲しいことがあったの」

郁子の口調は酔っぱらいのようでいて、どこかが違う。

「何よ、どうしたのよ。しっかりしな、話してみなよ」

「えーっとね、翔太がね、耳が痛いって言うのよ。それで医者に行ったの、耳鼻科」

「うんうん、それで」

「そしたら耳に薬を差してくれて『心配ないですよ』て言うの。でも、翔太は痛がって食べたものを戻すし、夜中に熱がどんどん上がったの。私、怖くなっちゃって救急車呼んだんだ。それで、大きな病院に運ばれて診てもらったら髄膜炎だったの。何でもっと早く連れてこないんだって、そこの医者に怒られちゃった、私」

「えーっ、大変だったじゃない。で、翔ちゃん、大丈夫だったの」

「まだ入院してる。回復はしてるけど、後遺症の心配はあるって言われた。ねぇ明日香、私ってダメな母親かな？　ダイスケに言ったら、あいつまで怒るんだよ、私がバカだって」

息子を一人で育てている郁子の心細さは、明日香にも分かる気がした。

「そんなことないよ、絶対違うよ。ちゃんと医者に連れて行ったんだから。その耳鼻科がヤブだったんだよ。郁ちゃんは何にも悪くないよ」

「そっかなー、でもね、自分でも思っていたんだよね、耳鼻科でいいのかなぁって、何かもっと大変なことじゃないのかなって実は分かってたような気がするんだよね」

「そんなに自分を責めちゃダメだよ。郁ちゃんはちゃんとやることをやった。それに翔ちゃんも大丈夫なんだから、元気出しなよ」

励ます明日香の声にも反応は鈍い。

「でもさぁ、救急車騒ぎでさ、弁当工場、クビになっちゃった。急な欠勤で伝票の仕分けが混乱して大騒ぎだったんだって。もう来なくていいですって」

「ひどいねぇー。子供が急病なのに放り出して仕事に行けるわけないじゃないね」

郁子を解雇した会社の理屈は、今の世の中では普遍的なものなのだろうと明日香は思った。「効率」、「経済効果」、「自立」、「自己責任」、「スキル」、「コミュニケーション能力」

……日頃嫌っている言葉が次々と頭に浮かぶ。そして、そんなものに操られ踊らされている自分や郁子に腹が立った。

「そんなの無茶苦茶だよ。訴えてやりなよ。きっと聞いてくれる役所か何かがあるはずだよ、世の中には」

どこへ訴え出れば良いのかさえアドバイスできない自分の無知が悔しかった。

「もういいの。クビになってかえって楽になった気分。もういいの、どうでも、何もかも、もういいの……」

郁子の声は消え入るように小さくなる。ただ事でない気配を感じた明日香は大声で叫ぶ。

「ちょっと、郁子！　しっかりしな！　あんた酒飲んでるの？」

携帯の向こうから、郁子の微かな声が洩れてくる。

「ヤンママがね、ちっちゃな子供を二人マンションに置き去りにしてさ、餓死させちゃった事件ってあったじゃない、自分は何日も遊び呆けててさ、覚えてる？」

「えっ、ああ大阪の事件ね。あったねそんなこと」

「あの娘のさ、気持ちが分かる気がするんだ、今は。きっと、もうどうでもよくなったんだろうね、何もかも」

「何の話してんのよ。しっかりしてよ」

「私はね、翔太を放り出してどっかには行けないから。でも、薬飲むと楽になれるのよね、みんな忘れられるのよね」

「郁子っ！　あんた薬飲んだの？　何飲んだの？」

何を聞いても、もう返事はなかった。回線は繋がっているが、スピーカーは何の音も伝えてこない。「バカっ！」、声を限りにそう叫ぶと明日香は携帯を切った。

泣きたくなるのをこらえながら必死で考えをまとめる。そして、きっと顔を上げると改めて携帯を取り上げ警察へ掛ける。薬を飲んだらしくて危険だと事情を話すと、故郷の署へ連絡して様子を見に行かせると言ってくれた。住所を詳しくは知らないと言うと、携帯の電源が入っていれば番号から特定できると言う。思いつく限りのことを話して電話を切ると、壁の時計に目をやって、新幹線がまだあることを確認する。

「待っててね、郁ちゃん。私、行くから。今夜中にきっと着くから、それまで待ってるんだよ」

心の中でそう叫びながら、とりあえず要りそうなものを鞄に投げ込み、慌ただしく部屋を出た。アパートの階段を駆け下り住宅の並ぶ道を抜けるとき、コンクリ塀の上に伸びている木蓮の枝で蕾が大きく膨らんでいるのが目に入った。春は近い、そう確信しながら明日香は私鉄の駅へと走った。

参考文献

『ワーキングプア　日本を蝕む病』
（ＮＨＫスペシャル『ワーキングプア』取材班・編、ポプラ社発行、二〇〇七年）

迷い猿

庭の物音で目が覚めた。

不器用に何かを叩く音に混じって、叫び声とも鳴き声ともつかぬいくつかの音が聞こえる。寝乱れた髪もそのままに、夜着の胸元だけはしっかりと掻き合わせるようにして玄関の引き戸を薄く開けると、初夏の戸外はもうすっかり明るかった。

両親が世話をしていた少しばかりの菜園も数本の庭木も、今では草も枝も伸びたまま放り出してあるが、傍らには鍬やら肥料やらの畑道具を入れたスチール物置が置いてある。その上にいくつかの灰色のものが乗っていて、ゆっくりとあたりを見回している。猿だった。わたしは腰が抜けるほど仰天し、目をこするようにして我が家の庭を見渡す。赤くなりかけたミニトマトの実をもいでいるのもいれば、しなる無花果の木に登ってまだ青い実に手を伸ばすのもいる。東隣の家とを区切る簡単なフェンスの上を器用に歩いていくのもいれば、隣家の庭の中でも、南の道路でもさらに数頭の猿が動いている。つごう十頭を超える群れだった。

この二十年ほどは、猿など出るはずもない東京でほとんどの時間を過ごしてきた。「早く結婚しろ」「孫の顔が見たい」、仕事にかまけて三十歳代をも空費していく一人娘のことを案じてとは分かっていても、口うるさくなる一方の両親が煙たくて必要最小限しか帰省しなくなったこの十年間は、とりわけこの町で過ごした時間はわずかしかない。しかし、この団地で育った高校生までにしても、こんな大きな群れなど一度も見たことがない。そう言えば、最近ときどき猿が出るのだと母が電話で言っていたような気はするが、それにしても一頭二頭が迷い込んだという話だったと思う。確かに山に近接する丘陵地を切り拓いた住宅地ではあるが、人口二百万を超えるこの地域の中核都市から一時間と離れていないこの町でこんな猿の群れを見かけようとは夢にも思っていなかった。

猿は獲物をあさりながら徐々に移動しているのだろうか。「ウォ」「ホォッ」時折互いに鳴き交わし呼び交わしながら、我が家から隣家の庭へ、さらに東の家の庭へと移っていく。為す術もなく戸の隙間から目の前の光景をただ眺めていると、物置から降りようとした一頭の猿と視線が絡み合った。猿が口の端に笑みを浮かべたように見えた。手に握っていた緑のミニトマトをわたしに向かって投げた。それは玄関の戸の遥か手前でポトリと地に落ちたが、どこか小馬鹿にされた気がした。そう言えば、猿は女子供を侮って襲うことがあると、何かで読んだことが思い出された。

生まれ育ったこの町に、図らずもずるずると居着く形で戻って来てやがて二ヵ月になる。

若葉の頃に、立て続けに両親の弔いをする羽目になった。買い物に出かけたらしい二人の車の後ろに、高齢者運転マークの老人が全く減速せずに追突した。はずみで赤信号の交差点の中に押し出された両親の小型セダンは、右方向から走ってきた大型トレーラーに吹き飛ばされ、一瞬で鉄の塊と化した。運転席の父は即死。退職してちょうど十年、七十歳になったばかりだった。瀕死の怪我を負った母は集中治療室で一週間頑張ったが、結局力尽きて夫の後を追った。まだ六十歳代の半ばを過ぎたばかり、習い始めた絵手紙がおもしろくなってきたと、最近も色鮮やかな便りをしてきた矢先のことだった。

顔色を失ったまま新幹線に飛び乗るようにして帰って来てからの一連の出来事、病室での母の様子、葬儀場に安置された父の遺骸、告別式の喪主の挨拶……ほとんど何も覚えてはいない。厚いガラスを通して見た見知らぬ異国の光景のように、音もなく淡々と過ぎていった気がする。もちろん、近隣の伯父伯母や従姉妹が素早く動きあれこれ助けてくれたから乗り切れたのだとは分かっている。その時のわたしには、何かを判断する力も、何かをしようとする気力も残っていなかった。

続けざまに二度の葬式を出すという怒濤のような旬日が過ぎて手伝ってくれた親戚たちも引きあげると、誰もいなくなった自宅に一人残された。自分が育った家にいる、しかし家族の姿はない。自分に口うるさく喋りかける両親はどこにもいない。その不在感が苦しかった。

弔いが終われば雑事の山だった。銀行で凍結された口座を相続しようとしても、除籍謄本、印鑑証明、戸籍謄本やらの提出を求められた。それも出生から死亡までの戸籍を持ってこいと言う。父と母の生まれた市、かつて戸籍を置いた市、それぞれを回り、遠方は郵送を依頼した。さらには公共料金が口座から落ちないと通知が来たから、払いに行って別の口座に変更し、生命保険の支払いを申請し、年金の停止と未払い分の請求を申し出、健康保険証を返納し……人が死ぬことに伴う雑務がこんなにあるとは思いもしなかった。それに何よりも事故の後始末が大変で、自動車保険の会社からは頻繁に連絡があったし、会いたくもない老人の家族の謝罪を聞く必要もあった。そんな用件を手帳に書き出し一つ一つこなしていたら時間は流れるように過ぎていった。

東京のクライアントには断りの電話を入れた。「えーっ、参ったなぁ。秋物商品を撮ってくれないとカタログ作り間に合わないよ。どうするのよー。次からは別のカメラマンに頼むからね！」、急なキャンセルだからきつく抗議されもしたが、行けないものは仕方がない。もう二度と仕事を貰えないなと覚悟しつつ、断りの電話だけはあちこちに入れた。親が死のうと事情がどうあろうと向こうには関係はない。予定の日の予定の時間に意図した通りの写真を撮って、それを編集して期日までに入稿してくれる使えるカメラマンが必要なだけ。二十年に及ぶ自分のキャリアが砂糖菓子のように壊れていくのが分かった。なんと脆い信頼関係。互いに利用していただけの関係。終電も逃すほどに続く撮影、納期を切られると徹夜してもパソコンに向かわなくてはならない、翌月払いの約束の撮影料を平気で踏み倒すやくざなクライアントたち。学校で基礎を学んでから、業界では大家と言われる師匠に付いた。「三脚もっと右！」「露出はまだか！」「レフ当てすぎ！」……「カメアシ」と呼ばれあごで使われるアシスタントを三年務めた。師匠にはよく怒鳴られた「昼飯のカツ丼は嚙むな、呑め！」、こんな世界で自分はどうして意地を張り突っ張ってこられたのか。

「いい加減東京に帰って来いよ。そっちはもうだいたい片付いたんだろ」

カレは頻繁に電話してきた。相変わらずの横柄な口調で。

「お前がいないと困るんだよ。例の群馬工場の撮影、明後日にはやらないと会社案内の印刷が間に合わないんだよ。絵が撮れて文章も書ける便利な奴なんてお前くらいしかいないんだから」

相変わらず、自分を中心にしてしかものを考えない。それでも、いや、だからこそ仕事ができると言われている奴。

「お前、ひょっとして俺とのことに不満があるのか。それでこっちに帰って来ないのか」

不満なんてずっとある。あんたと知り合った六年前から。

「そりゃ今は結婚はできないさ、だって俺、まだ離婚が成立してないもんな。でも、そんなに遠いことじゃないさ、ほんと約束するから」

　今も編集室のデスクに足を上げてふんぞり返りながら電話しているのだろう。


　ガンガンガンガン、金属を激しく叩く音が辺りに響き渡った。猿たちは、一瞬互いに顔を見合わせ怯えた表情になった。庭の作物に背を向けると、その不快な音から遠ざかろうと道路の方へ次々に去って行く。隣家の軒下では誰かがバケツのようなものを叩いている。箒(ほうき)の柄を大きく振り上げては、へこむほど強くバケツを叩いている。「あれって、息子さん？」、その小太りの体型を見ていて隣家の住人のことが思い出された。

　わたしが中学に入る頃、隣家に三人家族が越してきた。定年を迎えるくらいの年齢の両親と息子。息子もとうに学校を出て会社で働いていた。時折顔を見かけるくらいしか、中学生には接点もなかったが、間もなく息子さんにおかしな行動が目立つようになったと父母の会話で知った。わたしが高校に通っていた頃には、息子さんは全く話をしなくなり自分の部屋から出ても来ないという話だった。父と母もその人の名前はきちんと知らなかったのかもしれない、いつも彼のことは「お隣の息子さん」と呼んでいた。お隣のご主人が亡くなった、わたしが東京で働き出して数年しての帰省の際にそんな話を聞いた。奥さんも亡くなったと聞いたのは最近のことだったような気がする。

じゃ、息子さんは今一人で暮らしているのだろうか。それともどこかの時点で結婚して奥さんがいるのだろうか。こうして外に出てきてバケツを叩き猿を追い払ったところを見ると、もう部屋に閉じこもってはいないのか。帰郷以来、隣人のことなど頭に浮かべる余裕は全くなかったが、改めて考えてみると隣に住む人の現状を何も知らないことに気づく。

「あっ、ありがとうございました、御陰様で猿たちいなくなりました。助かりました」

隣の軒下に愛想良く声をかけるが、言葉は返ってこない。覗き込むようにして見てみると、息子さんらしき男はもう箒もバケツも横に置いて玄関脇に並べた水槽やら鳥籠のようなものをじっと眺めている。わたしが四十歳になったのだから、息子さんはもう五十歳を超えただろう。声は明らかに聞こえているはずなのに、何の反応もない。髪にはっきり白いものが交じる中年男が、何が入っているのか分からない水槽の前で黙りこくったまましゃがんでいる。頭の中で警告音が強く鳴っている気がして、わたしはそれ以上声をかけるのを止めて家に入った。


四十九日の法要は、父と母の分をまとめて営んだ。親類縁者に見守られ、両親の骨を白い麻布に包んで墓に納めた。僧侶を見送り、会食を終え、集まってくれた親戚に返しの品を手渡し、全てを済ませて家に戻ると、言いようのないほどの疲労と欠落感が襲ってきた。小さな仏壇の前に空になった骨壺を置くと、蓋が乾いた音で鳴った。自分の肉親はもうこの世のどこにもいないのだという事実が耐え難いことのように思われた。

数日後、この地区の民生委員だと名乗る老人が訪ねてきた。

「お父さんとは、老人会でグランドゴルフを一緒によくやりました」

禿げ上がった頭がつやつや光る、丸顔の健康そうな老人だった。両親の悔やみを述べ「少しは落ち着かれましたか」と気遣ってから本題を切り出した。

「実は、お隣さんのことなんですけど、ご両親から聞いて見えるかもしれないですが、ちょっとご忠告というかお知らせしておいた方が良いと思いまして」

そんな前置きの後で、民生委員は隣の息子さんの話を始めた。若い頃に引きこもってしまい会社を辞めたところまではわたしも知っていた。

「そういう方面の医者にもかかり、一時期は入院もしていたらしいですな。親御さんもいろいろ手を尽くされたようなんです。それでもはかばかしく良くはならなかったんですが、父親が亡くなったらひょいと部屋を出てきて、何やらまた結構普通に生活しだしたそうなんですよ。ただ、相変わらず一言も喋らないしどうやら昆虫に興味を持ったらしくて、そこらにいる虫やらバッタやらを飼い始める。そしてあとは四六時中ただ鶴を折っているってことですわ」

「鶴って、あの折り紙の」

「そう、あれ。人とも喋らず、テレビも見ない、時間があるとただひたすら折り紙で几帳面に鶴を折る。鶴以外は折らない。なぜ鶴なのかも誰も分からない。とにかく様子が尋常じゃないので、医者や福祉の方とも相談して、手帳も交付してもらって作業所って言うんですか、障がいのある人たちが仕事しに行く、そこへ通うことにしたらしいんです。このあたりは私も前任の委員さんから伝え聞いたことなんですけどね」

「ところがね、私が民生委員を引き受けてすぐでしたから、二年ほど前ですね。小学生の女の子にいたずらをしかけたんですよ、お隣さん。後ろから近づいてお尻を撫でた。その子のお母さんが大声で叱りつけたもので慌てて逃げて行って、大事にはならずに済んだんですけどねぇ」

なぜか、嫌な話を聞いたと思った。その気持ちが表情に出たのだろう。民生委員は少し慌てたように付け加えた。

「私たちには守秘義務って奴がありますから、本当は個人のことをこんなぺらぺらと喋っちゃいけないんですよ、もちろん。ただ、お隣さんはあれ以来この近所じゃちょっとした要注意人物ってわけでして。中には、何か大きな事件を起こす前に強制的に入院させられないのかなんておっしゃる方もあるくらいで」

老人は言い訳するような口調で言葉を継いだ。

「仲良くしていただいた方の娘さんが戻って来られて隣で暮らしていると聞いて、ひと言ご忠告申し上げておくべきだと思いまして。まあ、こう言うのも何ですが、お気をつけになられた方が良いと思いますよ」

この忠告がありがたいとは少しも思わなかったが、感謝の言葉を口にした。父が生前世話になった礼とこれからもよろしくと付け加えた。

饒舌な民生委員は満足したように微笑み、得意げに顔を上げて帰って行った。

猿の現れた朝以来、時折は隣家のことを気にして見てはいたが、民生委員と話して以降、とりわけ息子さんの行動が気になるようになった。確かに平日の昼間は出かけているらしい。ヘルパーさんらしき女性が時々車で乗り付けて家に入っていき、一時間ほどで帰って行く。夕方になると、息子さんが上下ジャージの姿で粗末な布袋を大きく振りながら帰ってくる。そして水槽と虫かごをじっと覗き込んで長い時間を過ごしているようだ。


「どうしても帰ってこないのか」

カレの口調には怒りが感じられた。

「そんな田舎にいてどうする。第一、仕事がないじゃないか。写真をやるなら東京しかないだろ、やっぱり」

どっこい、チェーンのキッズ・スタジオは何処にだってあるし、いつも即戦力のカメラマンを求めている。もちろん学生アルバイト並みの給料だが、田舎にだって仕事がなくはない。何よりもこちらには家賃のいらない住まいがある。それに、写真以外の仕事っていうのも、案外おもしろいのかもしれない。

「まさか流行（はやり）の田舎暮らしってわけでもなかろうに。なぁ、お前の才能をそんなとこに埋もれさせるのはもったいないよ」

結局は口車に乗せられて都合良く使われたことになるのかな、仕事でも私生活でも。距離が離れたことで冷静に見ることができるようになったのか、カレの言葉は日に日に空疎に響くように思える。

明日こそはマンションの管理会社に電話して、来月には引き払うと告げよう。スマホから一方的に流れてくる声を聞き流しながら、そんな段取りを考えていた。

初盆は一人で迎えた。しきたりやら慣例やらの忙（せわ）しない羅列から離れ、ゆっくりと父母を想いたかった。お寺からは棚経の日時を問う電話があったが、考えを伝えると重ねての言葉はなかった。父の好きだった焼酎と母の好物の和菓子を仏前に供え一人で額ずいたが、二人があちらから帰ってきた気配はもちろんなかった。

買い物に出た帰り、レジ袋を両手に提げて通りを歩いていると、後ろから近づいてくる足音があった。首だけで振り向くと息子さんだった。作業所からの帰りなのだろう、いつものジャージ姿で足早に歩み寄ってくる。話しかけても無駄だろうと思ったので、軽く会釈だけした。何の反応もなかった。目はわたしではなく道の上の中空に向けたままだった。

しかたなくまた歩き出した。後ろから息子さんがどんどん迫ってきた。真横に並んだ時、息子さんが背丈も体の厚みもわたしに比べてずっと大きな人であることが分かった。ちょっと押されるような雰囲気を感じた。その瞬間、大きな手がわたしの腰に触れた。四本の指が確かにわたしの体を撫でた。「えっ」と心の中で叫んだだけで声は上げなかったが、いつぞやの民生委員の言葉がすぐに頭に浮かんだ……「女の子のお尻を撫でた」。

息子さんは足早にわたしを追い抜いた。その広い背中に何か抗議の言葉を投げつけようとした瞬間、息子さんが握った右手をそっと開くのが目に入った。その掌には何かがいる。太い指の間に見えるものは、黄金虫か何かのようだ。あっと思って立ち止まった。触ったんじゃないんだ。息子さんはわたしの腰にとまっていた虫を取っただけ。取ってやろうという意識があったのかどうかは分からない、腰のあたりの虫に興味があったから捕まえただけという方が正しいのかもしれない。それにあまりにも唐突で不作法には違いないが、少なくともわたしの腰に興味があったわけじゃなかったんだ。そう思い至ったわたしは、歩み去って行く息子さんの背中を見送りながら、しばらく立ち止まって考えを巡らせていた。

玄関先で、民生委員は不満顔だった。

「この間おっしゃっていたこと、例の件は女の子のお尻を撫でたわけじゃなくて、そこにいた虫か何かを取ろうとしただけなんじゃないかっていう話、女の子の家とお隣で一応尋ねては来ましたよ」

「女の子のお母さんは、いや確かに触った、あれは変質者の手つきだったって今でもえらい剣幕ですね。今さら話をあやふやにするのは事なかれ主義なんじゃないですかって叱られちゃいましたよ。もっとも、女の子自身はよく覚えていないらしいんですけどね」

「で、お隣さんは?」

「まぁーそっちは案の定ですわ。いつもと一緒で、呼ぶと一応玄関まで出てきてはくれるんですけど、何を話してもうんもすんもない。あの時は虫でも捕ろうとしたんですかと訊いても、返事もせずにぼーっと私の頭の上あたりを見ているだけ。で、こっちが喋り終わるとさっさと奥へ入っていく。会話になりゃしない」

「まっ、そんな訳で、せっかくいただいたお話ですが究明は無理、真相は藪の中って奴ですかな。お手上げですわ」

血色の良い老人は、不誠実に響く軽い調子でそう言い残すと帰って行った。しかしこれで、妙な噂を自ら広めて回るのを少しは慎むかもしれない。

数日後の朝、玄関を開けると引き戸の前に数羽の折り鶴が置いてあった。赤や青の色鮮やかな折り紙の鶴は、朝露でしっとりと柔らかくなっている。息子さんだ、すぐに分かった。お礼のつもりなのだろうか。ということは、民生委員の老人の言葉をちゃんと理解していたということか。自分にかかっていた嫌疑が晴れるかもしれないという事態が飲み込めているということか。今の息子さんはいったいどれだけのことを理解しているのだろう。息子さんの目には、この世界はどんな風に映っているのだろう。

そういえばお隣さんも一人息子だったんだなと今さらながら思い至った。お父さんもお母さんも亡くし、息子さんはどんな気持ちなのだろうか。そもそも一人になったことが彼には分かっているのだろうか。角も鋭く几帳面に折られた鶴を両手に持ちながら、そんなことに思いを馳せた。

夜、仏壇に線香を上げた。朝夕はめっきり涼しくなって虫の音が聞こえる。並んだ二人の位牌が目に入る。漢字の連なる板きれになってしまった両親。彼らと過ごした時間、訪れた土地……様々な場面が写真の鮮やかさで脳裡に浮かぶ。母とどこかの土手で土筆取りをしたことが一度だけあった。人混みが嫌いだった父が苦い顔で連れて行ってくれた遊園地。そんな思い出が、もう今は自分の頭の中にしかないことを思った。確かに存在したあの時間あの場面、しかしそれはもう誰とも共有されていない。わたしが死ねば、それらは全て最初から存在しなかったかのように永遠に失われてしまう。

骨壺の蓋を取ると、中身のない空の白い壺に人差し指を入れた。底に残る骨の粉が指に触れる。指先に付いたそれを、舌の先に載せてみる。何の味もなく、ざらついた感触だけが口中に広がる。突然、涙があふれてきそうになり、わたしはきつく目を閉じて堪えた。

庭に葡萄棚の作ってある家があった。太い幹が支柱に巻きつき、棚からはいくつもの房が重そうに下がっている。夕方、散歩に出て辺りを歩くと、この葡萄の木と同じように団地全体が年月を経て古びつつあるのがよく分かる。入居開始から既に数十年がたち、住人はおしなべて高齢化した。子供世代が同居する家は多くはなく、住む人がいなくなり急速に朽ち始めた荒れた家が点在している。駐車場と化した区画や更地に戻り草に覆われながら再利用を待っている敷地も少なくない。団地そのものがもう盛りを過ぎたのが見て取れる。

振り返ると山並みがあった。団地の後背地は緑の濃い山に連なっている。人間が切り拓き何十年か暮らしたこの土地も、やがて再び自然に呑み込まれ木や雑草に覆われていく……そんな光景が頭に浮かんだ。

団地の外れまでくると集合住宅が集まっている。近くの大きな工場の社員寮やアパートが多いそうだ。駐車場には、驚くほど遠くの県のプレートを付けた車が見られる。

ワンルームの大きさに区切られた蚕棚のようなアパート。その前の階段に若者がたむろしていた。夕方にマイクロバスがやって来て、眠たげな彼らをさらうように乗せて走り去って行くのを何度も見かけた。どこかの会社の寮で、夜勤に向かう従業員たちの出勤なのだろう。若者たちは玄関脇でたばこを吸ったり、階段に座って缶コーヒーを飲んだり、駐車場にたたずみ携帯に見入ったり、思い思いにバスを待っている。しかし、その場に漂う空気はどこか暗く重い。若者たちの顔は一様に表情に欠ける。白昼の眠りが浅かったことを嘆いているのか、これから未明まで続く際限のない深夜作業を憂うのか、半年先に期間工の仕事が延長されるかどうか心配しているのか、生気のない目でただ時計の針が発車時間を指すのを待っている。

ふと、あの日の猿の群れが頭に浮かんだ。物置の上、無花果の木の上、フェンスの上……思い思いの場所にいた猿たちの表情を思い出した。彼らもどこか哀しげではなかったか。その目は古木のうろのように虚ろではなかったか。

あれ以来猿は現れない。あの群れはいったいどこへ行ったのだろう。ひとつの町から次の町へと迷い追われ彷徨(さまよ)い、彼らは果たして安住の地を見つけたのだろうか。そして今この瞬間も、カレは東京で横柄な電話をかけ続け、息子さんは隣家で一心に鶴を折り、一人になったわたしは、迷いながら道を歩き続けている。

あの歌を聴きたい

亡父の末弟だから、耕治からみれば叔父に当たる人の葬儀だった。もちろん薄くはない血縁だが、故郷を離れ都会に住んでもう三十年を超える。すっかり疎遠になってしまっているのだから、連絡をくれた姉に「申し訳ないけど行けないから、香典だけ頼むよ」と言って不義理を通すことも、一度は頭に浮かんだ。それでも高速道路を何時間も走ってやってきたのは、叔父の最期をやはり見送らなければいけないという殊勝な気持ちもあったが、母の死後、何年も閉めたままにしてある生家の様子を、ついでに覗いて来ようという計算もあってのことだった。

「耕治さん、大した貫禄やね。大会社の部長さんなんやてね、立派になりなさって」

「えらい垢抜けて、もうすっかり都会の人やな」

田舎には不釣り合いとも思えるきらびやかな葬儀ホールで、親戚の者たちが次々と声をかけてくれる。昔一緒に遊んだ従兄弟たちの顔は忘れようもないが、中には父母の葬儀で顔を合わせているはずなのに、それが誰であるのか思い出せない縁者も何人かはある。四歳年上の姉に物陰でこっそり訊ねては、「あの人のことも忘れたのか」と呆れ笑われるが、長年かけて自分が作ってしまった故郷との距離を改めて感じずにはいられない。

「あんたもあと何年かでもう定年やろ。そしたら奥さん連れてあの家に帰っておいでさ。先祖さんも喜ぶに」

近郷で暮らす叔母の言い方には、自分たちの生まれた実家を放り出して都会で暮らす本家の長男へのかすかな非難の色があった。

明日はどうしても会社を休めないので、今夜のうちには家に帰り着きたい。火葬場へ行くのは勘弁してもらって、出棺までを見送るとホールを出た。高速のインターへ向かう途中に生家はある。

家の傷みは激しかった。父の死後、六年間母が一人でこの家を守ったが、その母も三年前に死んだ。隣町に嫁いだ姉が草を刈ったり風を入れたりしに時々通ってくれているらしいが、家というものは不思議なことに人が住まなくなると急速に傷む。昔風の造りの農家だが、築年数はそれほど古くはない。しかし、雨、風、埃が無人の家を好き勝手に蝕み、耕治が高校生までを過ごした家の外観をひどくみすぼらしいものにしていた。

「この家をリフォームして住むという手もあるのかな」

黒ネクタイを外し額の汗をハンカチでぬぐってから、玄関と勝手口の戸だけをとりあえず開け放つ、夏の熱気を吸い込んで淀む空気を入れ換えながら耕治は考える。会社で今以上の昇進はもうあり得ない。それははっきりしている。それどころか、先日来のゴタゴタの行方次第では、役員から嫌みを言われずには済まないだろうし、ひょっとすれば譴責くらいの処分は充分に考えられる。そうなれば、定年後の有利な再就職先など会社が世話してくれるとも思えないし、そもそも定年まで部長の椅子に座り続けられるかどうかも危ないものだ。いっそ故郷に帰って田舎暮らしというのも考えられないことではなかった。暮らしの経済的な面はともかく、妻や子供たちが賛成するかどうかでは、成算は全くなかったが。

耕治の勤める建設会社は、全国で五指に入るほどの大手である。法律を専攻した耕治は法務の要員のつもりで入社した。しかし開発や建設に伴う法律問題の担当は、実はごく少数の極めて優秀な精鋭だけでことは足り、他の者は開発の際の地権者や事業主となって工事を発注してくれる不動産会社、そして工事の許可を握る県や市の役所などを毎日訪ねて回る外回りが実際の仕事だった。そんな仕事を続けて三十余年、結果がいま座っている本社営業部長のポストだった。

「なんであんなことを言ってしまったかな」

家の中を貫く土間を抜けて建具やら畳やらの具合を確かめて回っていても、先日の自分の発言が頭に浮かぶ。思わず口から出てしまったことを後悔する気は、実は今でもないのだが、十分に場数を踏んできている自分があんなことを言ってしまったのが我ながら不思議に思えた。
都会の瀟洒(しょうしゃ)な家だけを見慣れた目からは、田舎家の重厚で武骨な外観は力強くて好もしいものに見えるかもしれない。しかし中に入れば、天井を走る黒くて太い梁は重苦しく人を押さえつけてくるし、太い柱は時折不意に鋭い音をたてて鳴り家人を驚かす。木と紙と藁と土だけに囲まれたかび臭い空間は、古色蒼然とした旧弊極まりないものの象徴と思われなくもない。縁側の重い雨戸を開け放つ気力を早くもなくし、戸口だけを開けたまま、ふらふらと家の裏の小道に歩み出た。盗まれるような物があるでなし、人影さえまばらな過疎の村だと高をくくっている。

隣家の畑は荒れていた。もう耕す者がいないのだろうか。数軒先の小さな鉄工所は平日の昼間だというのにシャッターを閉めたままだった。田では晩夏の光の中で稲穂が顔を出し始めていたが、放棄され雑草が生い茂るままの田もあちこちに目立った。耕治が暮らしていた頃との変貌ぶりが、痛いほどに確認される。

たどって行った細道は、山裾で広い坂道の横腹に行き当たった。舗装され両側を白いガードレールに守られた立派な道だった。この場所にこんな大きな道があることに戸惑った。クヌギ坂……幼時の記憶を掘り起こして、やっとその道の名を思い出した。記憶の中のその道は、土の上に石炭殻が撒(ま)かれた勾配の急な狭い道でしかなかった。リヤカーが通ればいっぱいの道の両側には笹が生い茂り、それは雑木林に覆われた丘の上の「療養所」の裏門に通じているのだった。

国立安濃津病院……頭上を見上げると青い大きな道路案内板が、金属の頑丈な支柱の先に掲げられていた。半世紀近くの時の流れの中で、療養所は国立病院へと変わっていた。そして、裏口であったこちらの道が今は病院への正面進入路になっているらしい。耕治は、ガードレールから身を乗り出して、かつての面影は微塵もないその道を下から見上げた。少年の頃、蟬の鳴き声を全身に浴びながらこの道を登り、小さな切り通しになったゆるい角を二つ曲がると、そこにあの人の家があったのだった。


四年生の夏だった。熊蟬はまだ鳴き始めていなかったから、夏休みには入っていなかったのかもしれない。僕は敦史と二人で雑木林に蟬を追っていた。それぞれに白い捕虫網を持ちプラスチックの虫かごを肩から提げていた。昼を過ぎて、アブラ蟬が元気づきジリジリとうるさく鳴き始めていた。

「耕ちゃん、あれ見てみ、あれ」

敦史が興奮して声を弾ませる。指さす方の桜の木では、すぐには数え切れないほどの蟬が列を作るようにして太い幹に留まっている。

「なんやニイニイやないか」

抗議をする口調で僕が言う。ニイニイ蟬は小さくて見た目も美しくないから、子供たちの評価は低い。

「そやけど、すごい数やな。あんなん初めて見たわ」

敦史は網を構えると、足音を忍ばせてゆっくりと近づいていく。白い網が弧を描いて振られ、緑の針金が桜の幹に当たってカチッと音を立てる。それでやっと気がついたのか、数匹のニイニイ蟬が慌てて捕虫網の中へ飛び立とうとして、たちまちに動きを封じられる。ニイニイ蟬は鈍感な蟬だ。網の口をひねって蟬を閉じ込めた敦史が、僕の方を見た。開襟シャツから伸びた真っ黒な首の上で、丸い顔がニヤリと笑っていた。

田畑の中や山裾に点在するいくつかの小字(こあざ)から僕の村はできていた。字の間には微妙な対抗意識のようなものがあるらしく、それは子供たちの関係にも少しは影響を与えている。同じ字の子供同士の仲間意識は強く、それは時として他の集落の者をのけ者にする動きにもつながった。敦史は同じ字でただ一人の同級生だ。僕はいつも敦史と遊んでいた。大柄で運動の得意な敦史は、何かにつけて僕を庇(かば)ってくれていた。どこの家にもまだなかったカラーテレビが、小学校には一台だけあったので、一昨年の東京オリンピックは授業の時間にみなで見た。講堂の壇上に置かれた一台のテレビを何百人が遠巻きにして見たのだから本当はよく分からなかったのだが、敦史はいたく感動して、それ以来「大きくなったらレスリングか柔道をやってオリンピックに出る」と言っていた。

「耕ちゃん、クヌギ坂の家に転校生が来たの知っとるか」

「あの坂の途中の一軒家か」

「そうそう、あそこに引っ越して来たんやて。俺らより一つ上の女の子らしいわ」

「ふーん、ほな、いっぺん偵察に行ってみよか」

あの頃、農閑期になると農家は山の手入れに入った。樹木の枝を打ち下草を刈り、枯れ松葉を掻き集めては風呂や竈(かまど)の焚きつけに使った。だから山の中はきれいに整えられていて歩きやすかった。柔らかな緑の苔に一面覆われた斜面など、刺されると痒い藪蚊が襲ってくる季節でなければ、いつまでも転げ回って遊んでいたいほどの心地良さだった。二人は小さな谷を越え、赤土の露出した尾根道を歩き、クヌギ坂の中程の茂みまで移動した。

木の幹に隠れるようにして、笹の茂みから転校生の家を窺った。坂道沿いに、山の一画を切り拓いて建っている平屋の小さな家は、集落の中にある大きくてどっしりした農家とは違い、ちょっと見にはモダンな造りに思える。しかし、ペンキの色がすっかり褪(さ)めてしまった外壁、大きくめくれて剝がれかけている庇(ひさし)のトタン板、半ば朽ちているような色の木の窓枠、屋根の上で少し傾いているテレビのアンテナ……そういう細かい部分を目で追っていくと、無人のまま放置されていた期間の「荒れ」は覆いようもなかった。

開け放たれた窓の奥で白い光が揺らめいた。テレビがついているらしい。ときどき小さな咳をする声が聞こえる。聞き覚えのあるメロディが流れてきた。母親が毎朝見ている『おはなはん』の再放送を、お昼にもやっているのらしい。軒先に置かれた植木鉢から細い緑の茎がすらりと伸びて、その先で白い花が一つだけ咲いていた。鉄砲百合だと思った。昼下がりののどかな日差しの中で、その清らかな花はテレビから流れる優しい音楽に合わせるように揺れていた。

「あの家の転校生な、沢野純子(じゅんこ)って言うんやて」

敦史が声をひそめるようにして呟いた。そうして、僕は純子の名を知った。

やがて五年生になるとクラブ活動というものが始まった。新聞部、園芸部、飼育部、図書部……五年生と六年生の希望者がそれぞれ好きなクラブに入れるのだが、要は学校の中の仕事を分担して担う制度だった。僕は図書館が好きで、休み時間は図書館の窓際のお気に入りの席にいることが多かった。部厚い百科事典を開くと、そこには知らない世界が広がっていた。ガガーリンが乗ったヴォストーク1号の写真があり、長嶋茂雄が豪快にバットを振っており、暗殺直前のケネディの笑顔があった。だから図書部に入りたかったのだが、敦史に誘われて断れず、放送部に入った。

当番に当たっている日は、給食の時間になると自分の分を載せたお盆を持って職員室の脇にある放送室に入る。教室の児童たちが食べ終わった頃を見計らって、スイッチを入れチャイムを叩いてから「今日のお知らせ」をアナウンサーのように読み上げる。その内容は、当番で手分けして職員室を回り先生たちから聞いておく。その後は掃除の始まる時間まで好きなレコードをかけて曲名紹介だけしておけばいい……運動会やら演芸会やらの行事を除けば、普段はそれが放送部の仕事のすべてだった。家にはレコード・プレーヤーなんかなかったから、僕にはレコードそのものが珍しかった。放送室のロッカーに保管されているのはほとんどがクラッシックの曲だったが、それを当番の日には片っ端からかけていった。回転する盤の上へトーンアームを持って行き、横から位置を見定めながら静かに下ろす、その緊張感が新鮮だった。

配膳順を先にしてもらえて、自分の食器に好きなだけ給食を盛って、放送室でゆっくり食べられる。その特権めいたところに魅力を感じて敦史は入部したらしいが、さほどの面白味はない仕事のせいか、部員は少なく一日おきに当番が回ってきた。そして部長は六年生の沢野純子だった。

純子は大柄のふくよかな体つきで、背の順に校庭に並ぶと六年生の最後尾にいた。転校してきてから登下校の時や校庭で何度も見かけていたから、僕はもう純子を知ってはいたが、色白で整った彼女の顔立ちを間近に見ることになって、自分でも戸惑うような強い印象を受けた。

彼女の語る放送は、歯切れが良く明快で聞き取りやすかったし、何よりも他の子供たちのような田舎の訛（なま）りが全くなくてどこか垢抜けした感じがした。それに、純子は余った時間もただレコードをかけるだけでなく、短いお話を雑誌から探してきては朗読したりしていた。学習雑誌に載っているような数ページの話だったが、彼女の朗読が始まると二階や三階の教室でも話し声が止み、だんだんと静かになるのだった。彼女の声にはそんな力があった。こんどはおもしろい脚本を探して放送劇をやろう、にこやかな笑顔で部員たちにそんな提案を投げかけてもいた。

「純子は都会育ちやでハイカラやな」

「大きくなったらほんまのアナウンサーになったらええわ」

職員室の先生たちも、行動力があってしっかりしている純子には一目置いているようだった。

いつの頃からか、狭い放送室の中で純子の近くへ寄ると不思議ないい香りがするように感じられたし、彼女の方から話しかけられると、教室で先生に突然指名された時よりも胸の鼓動が早まる気がした。そんなことを感じる自分に戸惑いながら、放送部に入って良かったと思うようになっていた。

「上の兄貴がレコード・プレーヤーを買ってもらってさ、それで小遣い貯めて初めて買ったレコードを貸してもらって来た」

敦史はそう言って、持ってきた小さなドーナツ盤をお昼の放送でかけた。テレビの歌番組でよく流れている曲で、僕も知っていた。

「いまお聴きいただいた曲は、ご存じ山本リンダの『こまっちゃうナ』でした」

ちょうど敦史の曲紹介が終わった時、放送室のドアを開けて顧問の青木先生が顔を出し、

「敦史、その曲はもうかけるなよ」

先生は笑いながらそう言うと、静かに遮音扉を閉めた。

純子も一度だけ、自分のレコードを持ってきたことがあった。『こころの瞳』という曲で、五年生の僕が聴いても分かりやすくて素直な歌詞だと思った。梶光夫というまだ若い歌手が白い服に赤いネクタイをしてレコードのジャケットで微笑んでいた。大阪にいた時、お母さんに買ってもらったのだと純子は言った。

「今の家にはプレーヤーがないから、普段は聞けないんだけどね」

純子はその歌が好きらしく、よくハミングしたり小声で歌ったりしていた。「こころの瞳

は美しく」……曲の中で何度も繰り返される部分を、いつしか僕も覚えていた。純子の好きな歌だと考えるだけで、胸をぎゅっと摑まれたように切なくなった。緑の田んぼが広がる田舎の小学五年生でしかなかったまだ幼い僕は、正体不明の感情を自分でも持て余しながら、心の中でいつも歌っていた、「こころの瞳は美しく……」。

家での会話の中で、僕は知らず知らずのうちに何度も純子の名前を出していたのだろう。

「学校でその子と喋るのは構へんけど、その子の家へは行ったらあかんで」

ある日、晩ご飯の時に父がそう言った。「なんで?」という僕の問いかけには母が答えた。

「その子のお父さん、肺病なんやて。近所の話で聞いたけど、あの一軒家を借りて療養所へ通とるらしいわ。肺病は伝染(うつ)る病気やで、近寄ったらあかんに。その女の子ともあんまり話さん方がええと思うわ、お母さんは」

肺病のことはよく知らなかったが、たくさんの人が死んでいる怖い病気だということは聞いていた。丘の上の療養所には、その病気の患者がたくさん入院しているらしい。だから療養所には遊びに行ってはいけないと、小さな頃から繰り返し言われていた。ただ、純子につながるものをけなされたような気がして、僕はよく分からないままに悲しかった。

「そんなん偏見やわ」

しょげている僕を尻目に、中三の姉が口をとがらせていった。

「結核は大変な病気やけど、やたらと怖ろしがるのはおかしいのと違う？　だいたい、通院の患者やったら開放性と違うやろ、心配あらへんやんか」

「開放性って何？」と僕が問うと、姉は怒ったような口調で教えてくれる。

「咳をした時なんかに、病気の菌が体の外へ出てしまうのが開放性の患者。そんな人は隔離病棟ってところに入らなきゃいけないの。でも通院が許されているってことは菌は出ていないわけだから、別に遠ざける必要はないのよ」

両親の方に向き直ると姉は静かに言う。

「これからの時代は、ちゃんとした知識を身につけて、皆が自分の頭で考えて行かなきゃいけないのよ、学校で先生が言ってたわ」

娘に決めつけられても、入院費が払えなくて療養所を出されたらしいとか奥さんは逃げたらしいとかいう噂話を父と母はなおも小声で続けていた。

「お姉ちゃんは理屈を言うけど、肺病は血を吐いて死んでしまう怖い病気なんやに、気をつけやなあかんわさ！」

姉を睨むようにして母が言う。父は苦いものを食べているような顔つきで黙ってご飯を噛んでいた。正しいことを「理屈」としか考えないらしい父と母が、僕は悲しかった。両親だけでなく隣のおじさんも、その隣のおばさんもきっと同じように考えているに違いないと思った。そして皆でいい加減な噂を広め合っている。そんな人たちを卑しいと思った。この小字の人たちが、この村全体の人たちが古くさい間違った考えにとらわれて純子の父を嫌っているようで悔しくてならなかった。

その夜、風呂から出たところで姉と顔を合わせた。

「耕ちゃん、その純子って子が好きなの？」

姉は突然そう訊いてくると、何も答えられないでいる僕の鼻をちょんと弾いてから笑いながら行ってしまった。

「ずいぶんと、さもしいお話ですな」

言ってしまってから、さすがにしまったとは思った。地方の県会議員とは言え、相手は議員まで連れてきている。そもそも、非を指摘されても自らを恥じ入るような人物のはずもなく、かえって何らかの意趣返しを企んでくるに違いない。面倒なことになるのは必定である。しかし、相手の要求を「さもしい」と切り捨てることで、溜飲（りゅういん）が下がったのも内心の事実で、耕治はそう言ってしまったことを半ばは後悔していなかった。

耕治の会社は、当然全国各地でいくつものプロジェクトを同時に進めている。その一つに首都近郊での大規模な団地の造成計画があった。まだ用地買収の途中で、県の開発許可を得るために必要書類を準備している段階だった。計画地域は現在は山林だが、その隣は既に他社によって開発されて住宅地になっている。役所の許可を得るためには、関係する地域住民へ計画をよく説明し理解納得してもらい同意書をもらうことが不可欠である。今の役所は市民・県民からの意見に敏感であり、反対運動でも起きようものなら、許可が容易に下りない事態も予想される。

その隣接する住宅地の自治会長が難物だった。自分たちの同意が、開発の実施には欠かせないのだということを察知すると、それをできるだけ高く売りつけようと画策しだした。もちろん露骨な形で口に出しはしない。暗黙のうちに、何かにつけて饗応をねだり金品を要求した。こんな手合いは、もちろんあちこちにいるから、会社も対処するノウハウを当然持っている。地元自治会役員との相談会という名目で飲み食いをさせ、地元協力金という形にして何百万円という金を自治会へ入れた。そういう対策費は予め考えてある。しかし、とうに還暦を超えたこの男はそれでは満足しなかった。工事の粉塵や振動で地元住民の家屋に被害が予想されるとか、景観が変わってしまい土地の資産価値が下落するとか、山の保水機能がなくなることで水害が予想されるとか……あらゆる観点から難癖をつけ、それを市会議員の元へ持ち込み、それは昨今関心の高まっている点をある面では突いていることと、異常なまでのしつこさから、この件は系列の県会議員へ上げられ、その議員と共に支社に乗り込んで来るまでに錯綜した。県へ圧力をかけ許可を棚上げにすることを匂わせるやり方に、支社では対処し切れなくなった。そして、「社長に面会したい」、そう言って今日は本社までやって来たのだった。

県会議員くらいを連れてきたからと言って、この手の来客と社長が面会するほど柔な会社ではない。

「申し訳ございません。あいにく社長は海外出張に出ておりまして」

地域対策担当の常務と耕治が応接室へ入る。面目丸つぶれの副支社長が同行してきている。担当支社としての問題対応能力を問われることは必定で、青い顔をして事の経緯を説明している。

「ええ、ですから、私たち地元住民に対する御社の今までの御配慮は分かっておりますよ、それは確かに。ただ、今後工事が始まることで予想される迷惑やら被害の可能性を考えると、今までのことで充分とは言えないと思うんですよ」

もの分かりのいい好々爺の面持ちで自治会長が話し始める。予想される住民たちの反対は、自分が自治会長として責任を持って収める、開発への同意書にも自治会長の名で署名捺印をしても良い、議員の方から働きかけてもらい県の許可もスムーズに出るようにする、だから自分たちのそのような尽力に対して相応の対価を払ってほしい……婉曲な言い回しを取り払い、要旨だけにしてしまえばそういう要求だった。千載一遇のこの機会を活かし骨までしゃぶり尽くしてやろうという貪欲な話だった。

「県議会もおありの中、こうして先生にも何度もご足労いただいているわけですし、私だって住民の家を一軒一軒回って説得しなきゃならんのですからね。まぁひとつ地元助成金というような形でですね……」

「私たちもこうして本社まで出向いてきているわけですから」

こちらが呼んで来てもらったわけでもないのに、交通費まで要求するようなことまで言った。せびり取った金は議員と自分で山分けにでもするのだろう。入社以来今までの地元交渉の中で何度も出会ってきた場面とは言え、正直ゲンナリとした。人の良さそうな老人の仮面の下にあるのは、なに憚るところのないあからさまな金銭欲であり、自分の思うがままにそれを押し通そうとする恥も外聞もない厚顔さであった。愚かしい、醜い……こんな卑しさは、子供の頃からさんざん見てきた気がした。「肺病」と噂をしていた故郷の人々の顔が浮かんだ。その瞬間、「さもしい」の言葉が口を突いて出てしまった。

「何だって、君」

言質（げんち）を取られないためか大物に見せたかったのか、だんまりを決め込んでいた県会議員が、その一言を聞きとがめて色をなした。環境権や生活権についての市民の真摯な疑問にこの会社は答えないのか、それを「さもしい」とは何事か、最後は政権与党の国会議員の名を挙げ、自分との近しさを誇り、監督省庁からの指導も匂わせて脅してきた。

百戦錬磨の常務が、恐縮した素振りを演じながら平謝りで機嫌を取りもった。前向きな検討を約束して取りなし、ようやく引き取ってもらった。出口のところで秘書が抜かりなく「お車代」を手渡している。

「ちょっと悪のりしていますね、あの人たち。度が過ぎますよ」

エレベーター前で最敬礼をして客を見送ってから、常務が言った。

「下手に出てばかりでも増長させますから、支社に命じてちょっと違う方向から手を打ちます。それでたぶん収まりますよ、『引いてもダメなら、ちょっとは押してみろ』ですな」

トラブル対応の表も裏も知り尽くした常務は事もなげにそう言う。そして、耕治の顔を正面から見て少し怪訝そうな表情をした。

「それにしても、君はもう少し成熟しているかと思ってましたがねぇ。残念でした」

「もし、永田町の先生を通じて役所からの圧力があるようだと、形だけにしろ君には何らかの処分を受けてもらわないと先方が納得しないでしょうからね、その覚悟はしておいてくださいよ」

軽くそう言い置いて役員フロアへと戻って行った。


五年生の夏に敦史が死んだ。

台風が近づき大雨が襲った。山裾の田では山からの水が大量に流れ込んでくる。敦史の家はあちこちにたくさんの田を持っているから、家族が手分けして田を見て回っていた。敦史は、実り始めた稲の穂が水に浸かることのないように、畦（あぜ）の水門を開けに行く父親について行きあふれた用水路の水に足を取られて流された。父親は息子の名を叫びながら探し回り、消防団が総出で用水路とため池を探したが見つからなかった。

嵐の去った日、ため池を探っていたボートが、底に沈んでいる敦史の死体を見つけた。あっけない死だった。台風は田の稲をべったりとなぎ倒し、僕の友達の命を連れ去ってしまった。

敦史がいなくなると、外で遊ぶ友達がいなくなった。同じ字の小学生は女の子か、まだ小さな男の子だけだった。だから放課後は放送室で過ごすことが多くなった。校内放送のスイッチが切ってあることを確かめてから、聞いたことのないたくさんのレコードを次々にターンテーブルに載せた。華やかな弦の音、きらびやかな金管の音、力強い打楽器の音……

波のように人々が踊る舞踏会、拍手の鳴り止まぬコンサート・ホール。放課後の部屋で僕は一人、まだ見ぬ遠い西洋の想像にふけっていた。

純子は毎日一度は放送室を覗きに寄った。備え付けの学習雑誌を繰っては、朗読に適した話を探したり、次の日にかける曲の準備をしたりしてから帰って行った。狭い部屋に二人だけでいると、僕は胸が苦しくなるような気がした。何かを手渡す拍子に指と指が触れたりすると、汗が噴き出しそうなくらい顔が熱くなる。

「これ、青木先生に買ってもらったの。小学生向きの放送劇の脚本集。耕ちゃんも一度読んでみてくれない、おもしろそうなのがあったら、みんなでやろうよ」

棚から硬い表紙の本を取り出すと僕に渡した。

「でもね、私、自分で脚本書いてみようかって思っているの。この学校を舞台にした、借り物じゃないお話を書いてみたいの」

純子は思いきって秘密を打ち明けるように顔を寄せてそう言うと、照れくさそうにニコリと笑った。

「書けたら読んでちょうだいね。耕ちゃんの意見が聞きたいわ」

僕は気の利いたことが何も言えなくて、ウンと不様に頷くことしかできなかった。

秋の運動会は村の祭りのようなものだった。たこ焼きや焼きトウモロコシの露店が校庭の隅にいくつも出たし、地区別の対抗リレーには大人も出場して大声援を浴びる。母親たちは朝から巻き寿司やら稲荷やらを作るのに大わらわで、お昼の前にはそれらを重箱へ詰めて、父親が朝から陣取っている桜の木の下の茣蓙(ござ)へ運んでくるのだった。

　僕は父親と母親、そして姉と一緒にお昼を食べた。煮染めやら卵焼きやらがそれほどおいしいとは思えなかったし、午前中の徒競走がビリだったので、食は進まなかった。先生たちはいったん職員室へ戻ったのだろう、本部のテントでは来賓の駐在さんと老人会のおじいさん、そしてＰＴＡ会長さんと婦人会のおばさんたちが仕出しの弁当を食べていた。そしてその横で、純子がひとりで自分の小さな弁当を食べていた。本部のテントにはマイクやアンプも置いてあり、放送部員は午前中も交替で実況のアナウンスをしていた。だからテントに部長の純子がいても不思議はないようだが、この時間に本部にいる子供は純子だけだった。今日は給食がない。純子にはお弁当を届けてくれる家族がいないのだと気がついた。あの小さな弁当は今朝自分で作ってきたものに違いない。そう想像した僕は、テントへ行って純子に声をかけてあげたかった。「純ちゃん」と呼びかけたかった。でも次に何を言えばいいのか分からず、僕は姉の横から立ち上がれなかった。一人で弁当を食べている純子の姿をグラウンドの反対側から見ていると、目の奥がキュッと切なくなってきて、お寿司はますます喉を通らなくなった。

午後の部の最初のプログラムは鼓笛隊パレードだった。六年生と五年生全員で演奏をしながら校庭をパレードする。今まで授業をつぶして何度も何度も練習をしてきた。僕は五年生だし小柄だから、列の後ろの方で縦笛を吹いているだけだ。それでも合図があれば、角で順番に右に曲がっていったり、全員が急に左へ直角に曲がったり、前の列の人の間に入りこんで隊形を変えたりしなくてはいけないから気が抜けない。僕は難しいところへさしかかると、指はそっちのけで「次は九十度左へ向くぞ。左はお茶碗の方」などと頭の中で確認していたが、後はずっと先頭を行く指揮者の方を見つめていた。

五年生の級長が副指揮者で、鼓笛隊全体の主指揮は純子だった。白の体育着に赤白帽姿の児童たちの先頭で、彼女だけが赤い羽根のついた白い帽子を被り、モールのついたベストを着て白い指揮杖を上げ下げしていた。僕はその姿に見とれていた。弁当の時と違い、元気に行進する純子の姿を見ていると自分の気持ちまでも軽く弾んでくるようで、僕は飽きずに主指揮者の方ばかり眺めていた。

アッと思った時には取り残されていた。指揮者の純子も前後の子供たちも一斉に右手の方へ向きを変えて歩み去っていく。前進から右方向への横列直進に切り替わる合図を僕は見落としていた。指揮者の純子を見つめていたのに、いや見つめ過ぎていたせいで、バトンを回して右を示した彼女の指示を理解していなかった。ざっざっと足音だけを残して児童たちは右手へ足早に去っていく。列の一番左を行進していた僕は、一人で校庭の真ん中に取り残され、リコーダーを口にくわえたまま保護者席に向かって直進していた。

一瞬全体が静まりかえった。次の瞬間、グラウンドを幾重にも取り巻いた保護者の間から笑いが起こった。くすくすと小さな声で始まったそれは、すぐに遠慮のない大笑いになり校庭の上で砂ぼこりと共に渦を巻いた。僕はべそをかきながら、走って自分のいるべき位置に戻った。

運動会が終わって教室へ戻ると、当然先ほどの失敗をからかわれた。

「どうもすみません！」

額に手をやりテレビの林家三平のまねをして、笑ってごまかそうとした。それでも、「ばーか」「純子の顔ばっか見とったやろ」、しつこく囃（はや）し立ててくるので、しまいには「うるさいわ。ほっとけ！」と真顔で怒鳴ったが、彼らは騒ぐのを止めはしなかった。敦史という後ろ盾を失ったひ弱な僕に対して、他の字の子供たちは執拗だった。放送機材の片付けがありますからと担任の先生に断って教室を抜けだし、本部のテントへ行った。部員たちがマイクのコードを巻き取り、重いアンプを運んでいた。純子と目が合うと心配そうな表情で、「大丈夫？」と訊いてきた。

片付けが終わり顧問の青木先生から「ご苦労さん」の言葉をもらって解散となった。僕は人目を避けるように足早に校門を走り抜けようとした。

「耕ちゃん」

御影石の校門の脇に純子がいた。足を止めると、「ちょっと」……そう言って彼女は僕の手を取り校門の横にある忠魂碑の陰まで引っ張っていった。こんもりとした築山の上に大きな石碑が三つ並んで建っている。戦争で亡くなった人たちを弔うためのものらしい。

「ごめんね」

築山の裾の石に僕を腰掛けさせると純子が言った。「えっ？」という顔で見上げると、

「私の指揮が見にくかったんでしょ。でなきゃ、耕ちゃんが見落とすはずなんかないもの。私がもっとはっきり右にバトンを振れば良かったのよ」

そんなことを言った。心から案じてくれて自分の指揮ぶりを反省しているような表情だった。その純子の顔を見ていたら、さっきまで教室で浴びせられたからかいの言葉や大人たちのあざ笑う声が蘇ってきた。

「本当にごめんね」

再び純子がそう言った時、僕の喉からかすかに音が洩れた。校庭で感じた当惑、級友たちへの腹立ち、それらが腹の底からこみ上げてきて、僕は嗚咽を漏らし始めていた。純子が僕の頭にそっと手を置いた。五年生の僕はもうはっきりと声を上げてしゃくり上げていた。恥

ずかしかったし悔しかった、そして何よりも「ごめん」と言ってくれる純子の気持ちがうれしくて、涙が次々にこみ上げてきた。

手に柔らかく力を込めて、純子は僕の頭を自分に引き寄せた。立ったままの純子のお腹に顔を埋める形で、石の上に座った僕は声を上げて泣き続けた。目の前の白い体操着を僕の涙が濡らしていった。額の上の方には双つの柔らかなものがあって、慰めてくれるように僕の髪に優しく触れていた。

秋も深まった頃、放送室で二人になった時、純子が秘密を告げるように言った。

「放送劇の台本がやっとできたの。だから読んでみてほしいんだけど」

学校へ持ってくるのは恥ずかしいと言うので、次の日曜日に純子の家へ行った。もちろん、両親には黙って行った。言えば、「肺病の家」と言って反対するに決まっている。

二間しかない狭い家だった。居間のちゃぶ台の上で大学ノートに書かれた純子の脚本を読んだ。『村の子町の子』というタイトルで、町から田舎へ転校してきた女の子が言葉が違うといって小学校で嫌われてしまう。校庭で飼われているウサギやアヒルを眺めて寂しさを紛らわせているが、ある日下校途中に怪我をして困っていた同級生を助けたことで溝が埋まりみなと仲良くなっていく……そんな話だった。僕が読んでいる間、純子のお父さんは隣の部屋で座椅子にもたれて本を読んでいた。ときどき咳をした。間仕切りの襖が開けてあるので、背を丸くして咳き込む姿が目に入った。

「もう冷えるから」

そう言って純子が、父親の細い背中に丹前を掛けていた。

「どう？」

読み終わったのを見て取って、顔を覗きこむようにして純子が問うてくる。おもしろいと思ったと答えると、不安げだった純子の顔が花の蕾が開くようにほころんだ。話が長過ぎはしないか、仲良くなるきっかけが平凡過ぎはしないか、声優が六人も必要だが今の放送部では無理ではないか……次々と繰り出される純子の問いかけに、僕は真面目に答えたつもりだが、「そんなことない」とか「大丈夫」とかの素っ気ない短い言葉でしか自分の気持ちを表せなかった。

「つまらないものを読ませた上に、質問攻めじゃこの子が気の毒じゃないか」

純子のお父さんが、読んでいた本から目を上げて笑いながら間に入ってくれる。

「純子から聞いたけど、耕治君は図書館が好きなんだってね。どんな本をよく読むの」

百科事典が好きだと答えると、ぷっと噴き出してからまたひどく咳き込んだ。

「いや、失礼失礼。百科事典が好きという小学生に初めて会ったものでね。気を悪くしないでくださいね」

笑われたのは心外だったが、子供扱いをせずに喋ってくれる態度には好感が持てた。小さな声で、知らない世界の写真を見るのは楽しいと伝えた。

「そうだね、世界は広いからねぇ。若い人はいろいろ学ばなくっちゃいけないなぁ。もうおじさんたちは勉強したって仕様がないだけどねぇ」

尖ったあごを撫でながらそんなことを言って、読んでいた部厚い本を閉じた。

「おやつにしましょう」

いつの間に台所に立っていたのか、そう言いながら、お盆を捧げ持った純子が入ってきた。ちゃぶ台の上に蓋をされた丼が三つ並んだ。

「殿さまラーメン。お父さんは栄養つけなきゃいけないから奮発して卵を入れたからね」

純子の手で、それぞれの前に箸が揃えられる。柱の時計を見上げてから、

「もういいわよ。熱いから気をつけてね」

そう言って丼の蓋を開けてくれる。

箸を取ろうとした時、お父さんがまた咳き込んだ。その瞬間、「肺病は伝染る」……そう言っていた父や母の言葉が頭に浮かんだ。患者の家で出されたものを食べても大丈夫なのだろうか、箸にもラーメンにも結核の菌が付いているのではないだろうか。そんな思いが振る舞いに表れた。純子とお父さんが食べ始めているのに、僕の手は止まったままだった。

「どうしたの。ラーメン、嫌いだった？」

怪訝そうに訊いた純子が、一瞬の思案の後で寂しそうに言った。

「お父さんの病気が気になるの？　お湯を掛けてあるから大丈夫よ、きっと」

最後の方はどこか投げやりな言い方だった。顔を赤くし慌てて箸をつけた僕の姿をしばらく見つめてから、妙に乾いた声で言った。

「無理しなくて良いからね。確かにうちのお父さんは『肺病病み』なんだから」

そんなことを言う娘を、父親が「よさないか」と柔らかくたしなめた。

僕は自分が恥ずかしかった。日頃あんなに嫌っている「古くさくて愚かなもの」が、自分の中にもたっぷりと入り込んでいると思った。自分の心をタワシで擦って洗い清めたかった。自分も両親や近所の人と同じ卑しい人間なのだと思った。

俯いたままラーメンを啜ったが、半分も食べることができなかった。

そのことがあってから、僕と純子の間には目に見えない壁のようなものができてしまった。放送室で二人になっても、かつてのような親しげな言葉は掛けてくれなかったし、廊下や校庭で顔を合わせても以前のような笑顔は向けてくれなかった。霧が重苦しく立ちこめているような気持ちのまま、僕は漫然と学校へ通い続けた。声が聴きたい、微笑む顔が見たい、胸の奥がきしるように痛んだが、幼すぎて為す術を知らなかった。

無為に暮らすうち、年が変わり純子たちの卒業の日が近づいてきた。しかし、舗装などされていない通学路に盛大に霜柱の立った寒い朝、純子は突然にいなくなってしまった。自分のクラスだけで転校の挨拶をすると、消えるようにしていなくなってしまった。

父親の病気が悪化して、また療養所に入ったのだ、娘は大阪の母親の元に引き取られていったらしい、いやいや娘も肺病になり、どこかで入院をしているそうだ……例によって、嘘とも本当ともつかない噂話が村の中を飛び交った。

雪が横殴りに降りかかる日、僕はクヌギ坂の一軒家に行ってみた。一昨年の夏、敦史と偵察に来た茂みに立ち、こんどは一人で純子の家を眺めた。再び無人になったその家は、雨戸や引き戸を固く閉ざしていた。「純ちゃん」……ぼそりと口に出してみるが、初めて好きになった人の家からは、もう誰の声も何の調べも聞こえてはこなかった。降りしきる雪に耐えるように静かに佇んでいるだけだった。

きれいに舗装された坂道を登って行きたい気持ちが強く湧き上がった。しかし、その思いは、霧が拡散してその存在をなくすように、すぐに薄れて消えた。登ってみても詮ないことだと分かっていたから。立派になった病院の正門が見えるのか、きちんと舗装され白線の引かれた駐車場が広がっているのか、とにかく昔とはうって変わった光景を確認するだけのことだ。そこには純子の家もその姿もあろうはずはない。

細道を家に戻ると、軋る引き戸を音を立てて閉め、鍵をかけた。古くて暗い陰鬱なこの家で暮らすことを、妻や息子たちが了承することはないだろうな、鍵を回しながらそう確信した。

車を出してクヌギ坂の下の県道を走り抜けた。坂の方へ曲がっていくT字路の脇では、うずたかい雑草の中から白い百合がいくつか顔を覗かせていた。百合にしてはずいぶんと遅い開花だと気づいた。

「このごろ道ばたで咲いている百合は、みんな高砂百合って言って外来種らしいわよ。種で増えるんですって。最近あちこちで急に増えているそうよ」

どこかで聴いてきたことを、食卓で妻が話していたのを思い出す。かつて沢野純子の家の前で咲いていた鉄砲百合の清楚な姿が目に浮かぶ。

先日の失言の件で、明日あたり役員から呼び出されるに違いない。言うべきは言い、謝るべきは謝るしかない。前方をぐっと見据えると、耕治はアクセルを踏み込み家路を急いだ。

「こころの瞳は美しく」……ハンドルを操りながら、いつしかあのメロディが口をついていた。甘酸っぱいものが静かに胸にあふれてきた。あのレコードをもう一度聴きたいと強く思った。

水谷伸吉の日常

すっかり葉を落としてみすぼらしくなってしまった梅の木の枝陰で、小さなものがサッと動いたような気がした。さきほどから研いでいた剃刀（かみそり）をそっと台の上に置くと、水谷伸吉（しんきち）は店の南面の大きなガラス窓へゆっくりと近づいて行く。窓の外には小ぶりな梅が一本だけ植えてあり、その周りには丈の低いツツジを配して、ささやかな植え込みにしてある。その向こうは、車が三台並んで停められる広さの駐車場になっている。その隅では赤青白のサインポールがぐるぐると回っており、前の県道を行き交う車にここに理容店があることを訴えていた。

「チーチーチー」、室内までかすかに鳴き声も聞こえてくる。伸吉がガラスに顔を寄せるのと同時に、半分に切って梅の枝に刺してある蜜柑の横に一羽のメジロが飛び移った。白く縁取りされた漆黒の瞳でクルックルッと周囲を見回してから、柔らかそうな淡い緑の羽毛で覆われた首を曲げて果肉をついばみ始める。控えめなその嘴（くちばし）の動きが愛らしい。番（つが）いなのだろうか、もう一羽が少し離れた枝に止まり監視するように辺りを見回している。わずかに頬を緩めながらメジロを見守っていると、砕石を敷いた駐車場に灰色の軽自動車が不必要なほどの勢いで入ってきた。タイヤが石を弾く音に驚き、小鳥は飛び去った。客が来たのだ。

「おー、寒くなったね。あれ？　今日も俺の貸し切りかい？」

そんな憎まれ口をたたきながら川瀬賢三が入ってきた。

「師走の平日、朝九時に床屋に来てくれるヒマな客はそんなにはおらんよ」

賢三が脱いだ年寄りくさい厚手のジャンパーを預かってハンガーに掛けながら、柔らかく言い返す。賢三の方が二学年年上だが幼なじみで、二人とも七十歳を超えた今でも「伸ちゃん」「賢さん」と呼び合う仲だ。

「あっ、そう、ヒマ人で悪かったね。他に行く所もないもんでね。で、その後、景気はどうなん？」

「それがねぇー、まあ正直言うと相変わらずさっぱりやわ」

賢三を理容椅子に座らせ、その首に衿紙を巻いてからクロスを掛けて首のところで結ぶ。昔から変わらぬやり方だ。

「そう言やぁ、一キロほど上の信号の所にこのあいだ新しい床屋ができとったなあ、あれもまた例の安い店かい？」

その話に伸吉の顔が曇る。

「そう、大人がたった千六百円だって。それで顔剃りもシャンプーも付いてるんだよ。はっきり言ってうちらの店の半額以下。しかもシニアはさらに値引きするっていうんだからさ、ビックリだよ。チェーン店の資金力なのかねぇ、値段じゃ競争にも何もなりゃしない」

「増えたねぇ、その手の店、あちこちにできてるじゃないか。まあ、床屋に限らず、客は何でも安けりゃ大歓迎だけどな、本当は」

薄笑いをしている賢三の白髪頭に霧吹きをかけ髪の癖を取るのに、少々手荒く十本の指を立ててやる。

「あれー、賢さんまでそういうことを言うのかね。床屋の値段には技術料ってもんが入ってるんだからね。理容学校へ行って、見習の修業に行って、やっと自分の店を持ってからも毎晩練習してはコンクールに挑戦して……語るも涙の苦労の歴史だよ、全く」

「ハハハ、そうだったね。伸ちゃんも昔は県のチャンピオンになったこともあったなあ、もうえらい昔の話だけどな、アハハハ」

互いに若かった昔のことを思い出したのか、最近ずいぶん肥った賢三が大口を開け腹を揺らせて笑い出す。

「あれ、賢さん、また髪が減ったんじゃない？　てっぺんがだいぶヤバいよ」

言われっぱなしも悔しいので、他の客には絶対に口にしないような反撃をしてみる。

「あっそう？　ええのええの。ツルっときれいにハゲたら床屋に用事なくなるし」

二年長く生きている分だけ、賢三の方が上手だった。

「へん！　いつもの形で良いよね。もっともそうしかやりようがないんだけどさ、賢さんの場合は。砂漠化が広がっているからね」

言い返しても、賢三の丸顔は鏡の中でニタニタ笑っている。

「しかしねぇ、このハサミにしても一体いくらするか知ってる？　言ったら腰抜かすと思うよ、実際は。技術も道具もタダじゃなくって金がかかっているんだってとこを分かって欲しいよ、こっちとしては」

「確かにそうだな。今の安い店じゃハサミはあんまり使わずに、たいていは電動バリカンで済ませるらしいね」

「ああいう店は数をこなさないといけないからね、丁寧な仕事よりも早さっていうか能率優先になるよね、どうしても」

「そりゃ分かるけど、万事がこんな調子じゃそのうちに職人っていなくなっちまうな、この国には」

「本当だよ、千円でとにかく切るだけ切って、後は掃除機で吸い取って終わりっていう床屋まであるんだろ。本当に免許持っているのかよって言いたくもなるよ、こっちとしては」

愚痴りながら、賢三の残り少ない白髪に櫛(くし)を通し切り揃えていく。

「まあ、ぼやいても仕方ないよ。俺はずっと伸ちゃんの店に来るからさ、自分で歩けるうちは」

「歩いて来てないじゃん。いつもあのボコボコの軽に乗って来るよね」

「それは言葉のアヤってもの！　だけど、今度から免許の更新が難しくなるらしいな。ワシ、次はもう後期高齢者だからね。警察で何やら覚えさせられて、それを繰り返して言ってみろとか、二時五十分の時計の図を描いてみろとかやらされるらしいよ、老人会でみんなが噂してた」

「それくらいができなけりゃ、そらぁ認知の心配があるわな。年寄りの事故、多いみたいだしなぁ。ところで賢さん、昨夜(ゆうべ)何を食べたか言えるかい？」

二歳だけ若い伸吉が攻勢に転ずる。

「ちぇっ、ワシも次から安い床屋へ行こうかなぁ」

口の端を曲げて言った賢三の言葉に二人で笑った後で伸吉はしんみりと言う。

「昔からのお客さんはまだまだ来てくれるからありがたいけどね、みんなもう年取って来て、やっぱり亡くなったりもするし。しかも若いのは床屋じゃなくて美容室へ行くのが結構いるんだよなぁ、ここらでも。客は減る一方、売り上げなんて、もう悲惨なもんだよ」

「そんなに客減ってるの？」

「だって賢さん、うちの店で誰か他の客と会ったことあるかい、最近」

賢三は「うーん」と難しい顔つきになる。

「もう店を閉めようかと真剣に考える時だってあるんだよ」

「何言っているの、伸ちゃん七十二歳だろ？　まだまだやれるじゃないか？」

「ああ、まだ腕は大丈夫だと自分では思ってるけど、一人でやってても張りもないしね」

「そりゃ、そうだなあ。小夜子さん、早かったからなぁ、逝っちゃうの。もう五年くらいになるかねぇ」

「ああ、五年だな、次の春で」

「まだ六十五歳だっただろ。若かったから進行が早かったんだよな、癌の」

「かもねぇ、でも仕方がないよ。これも人間の運命かもね」

二人とも次の言葉がなくなり、しばらくはハサミの音だけが響いていた。

カットが終わったのを潮に賢三が訊ねる。

「東京の啓介(けいすけ)君はどうしてる？」

「三年ほど博多に単身で行ってたみたいだが、また東京に戻してもらえたらしい。ときどき思い出したように、もうそっちを引き払って東京へ来たらどうかって言ってくるけど、やっと買った埼玉だかの狭い建て売り住宅に年寄りが転がり込んだってどうなるもんでもないしね」

「でも、一人息子としては心配なんだろ、一人残った男親のことが」

「まあな、その気持ちは分かるんだよ、俺もありがたいとは思ってるよ。でも本当に出て来られたら、啓介だって困ると思うんだな、実際は。自分だってまだこれからも転勤があるだろうし、子供はまだ中学生だし、嫁さんも働いているわけだし。どうしようもないよ、このままここで暮らし続けるしか」

「まだまだ大丈夫だよ、あと十年はやっていけるさ。それに啓介君は昔からよくできた子供だったから、きっと今にもっと出世して豪邸を建てるかもな。お手伝いさんつきの家に迎えてくれるかもしれんぞ」

「ハハハ、本当にそうなりゃ毎日競馬だ競艇だって言って遊んでられるな。しかし、あれだね。子供が頑張って勉強して大きな会社に入ってくれたって、その時は確かに夫婦で喜んだけど、結局、それは良いことだったのかねぇ、私らにとって」

顔剃りのための石鹸を溶き終わり、賢三の椅子を倒す。

「賢さんのところはいいね、娘さんや孫が一緒だから」

「何が良いものか。離婚して帰ってきた娘と孫との同居ってのはな、これまた妙なものだぞ。まぁ、孫のことを考えると父親代わりみたいな気になるから、ボケちゃおれんとは思うけどな。その上、うちにはまだ大婆さんまでいるんだからな。世にも珍しい四世代同居だよ」

賢三の母はもう百歳に近いのではないか、その介護もさぞ手のかかることだろう。

「でも、良いことじゃないの。家族がたくさん集まって一緒に暮らしていけるって、うらやましい話だよ、俺には」

すっかり広くなった額やシミの浮いてきた頬の上に剃刀を滑らせながら、伸吉は呟く。

「まあな、確かに文句を言ったら罰が当たるかもしれんな」

剃刀が遠のいたのを見計らって賢三が言う。

「ところで伸ちゃん。食べる方はちゃんとやってるか？」

「ああ、できるだけ自分で作るようにしてるよ。もう飯もちゃんと炊けるし味噌汁もバッチリだ。おかずも結構いろいろなものを作れるようになったよ。何だってやればできるもんだな」

折に触れては「前を通りかかったから」などと言って惣菜を届けてくれる賢三の気持ちを思い、実は店が休みだとコンビニの弁当を買い込んで来て日が暮れるのを待ちかねるように自堕落に杯を重ねる日が多いことは敢えて黙っていた。椅子を起こし賢三を前屈みにさせて頭を洗う。髪の少ない頭は、あっけないほど簡単に洗えてしまう。

「洗い甲斐のない頭だなぁ」

「やかましい！」

伸吉の言葉に、窮屈な姿勢で賢三が呻く。洗い終わって水を切り、手荒くタオルで顔を拭ってやる。

「まあ、店を畳むなんて弱気なこと言わずに、もうしばらくは頑張んなよ」

ドライヤーで髪を乾かし、最後に全体を見て整えている時、賢三が目を閉じたまましんみりと言った。

「ああ、そうするよ。第一、国民年金だけじゃ、やっていけないしな。賢さんはいいね、大きな会社だったから年金もたくさんあるんだろ」

賢三は自動車を作る工場に勤めていた。定年になってからも、そこの守衛の仕事を世話してもらい、さらに五年働いた。やはり、戻ってきた娘や孫の生活のことを考えてだったのだろうと伸吉は推測している。

「でもな、五十歳過ぎても若いのと一緒に夜勤もしたんだぞ。定年過ぎてからの門番だって深夜勤があってさ。昼間寝て夜働いて、翌週はそれをひっくり返しての繰り返しで四十七年だぜ。半世紀だよ、全くよくやったと思うよ、自分ながら。そりゃ、年金はありがたいけど、それより俺の人生の貴重な時間を返してくれって言いたくなる時だってあるよ」

「そうか、金ばかりじゃないね。それぞれ苦労はあるってことか」

「そうだよ、それに比べりゃ床屋は自分のペースでできるいい仕事じゃないか。のんびりやればいいいんだよ」

川瀬賢三はそんなことを言ってから、手を振って急発進気味の危なっかしい運転で帰っていった。

ご飯粒の残りやらパン屑やらを小皿に入れて梅の木の根元に置いてみた。数日経って餌があることに気づいたのか、雀がやってくるようになった。まるでどこかで見張っているかのように、仲吉が餌を置いて店に入るとどれほどもせずに群れで飛んでくる。小皿の周りを数羽で取り囲み、たまには互いにつつき合いの小競り合いまでしながら騒がしくついばんでいる。頬に黒い丸をつけた顔立ちも、「チュンチュン」と絶えず鳴いているその落ち着きのない素振りも、見慣れてみれば可愛らしく思える。

どうせなら、シジュウカラのような見栄えのする鳥も来ないものかと、ホームセンターで「野鳥の撒き餌」なる物を買ってきた。それを小さじで掬い浅い鉢に入れて置いてみた。雀たちは喜んで群がり食べたが、餌の中に混ぜてあるトウモロコシの粒やひまわりの種に惹かれたのか、キジバトがやってくるようになった。「デデポポー」と鳴きながら、いつまでも餌を食べ続ける。別に雀たちを追い払うわけではないが、一人で餌を食べ尽くしてしまうので雀の分が残らない。それで、大柄な大食漢の鳴き声がすると、伸吉は店から出て行って追い払うようにしている。

「あれ、自治会長。どこかへお出かけ？」

伸吉がシッシッとキジバトを追い払った時、県道沿いの歩道を常田太助（ときたたすけ）が通りかかった。もう八十歳に近いが、長く自治会長を務めてくれている。

「ああ、伸ちゃん、おはようさん」

挨拶する会長の顔はどこか曇り気味に見える。

「何？　相変わらず忙しいの？」

「いや、そんなこともないんだけどさぁ。今日は嫌ぁーな用事に行かなきゃならんのだよ」

「何ですか、嫌な用事って？」

「いやー、そこの鈴沢さんちにさぁ……」

言いかけた常田の言葉でピンと来た。伸吉の店から歩いて五分ほどの所に鈴沢という家がある。かつて、小ぎれいな家に夫婦と二人の子供が暮らしていた。やがて子供は大きくなって家を出て行き、夫は亡くなり年老いた妻だけが残った。他所から越してきた人たちだから年齢まで詳しくは知らないが、伸吉よりはいくつか上で、おそらく自治会長に近いくらいではないだろうか。

「ひょっとして、ゴミのことですか？」

伸吉の言葉に、「そうそう、そうなんだよ！」と常田が深く頷く。

「もう困っちゃってさ。近所の人からは臭いし見てくれが悪いって苦情の山だろ。で、ご本人に話に行っても、置いてあるだけです、いずれ片付けますからってしゃあしゃあとした顔でおっしゃるし……市役所にも相談に行ってるんだけどねぇ、なかなか埒があかないし……」

妻だけが残った鈴沢家は今やゴミ屋敷になっていた。粗大ゴミに出すような椅子や机や自転車、紙ゴミの詰まった紙袋に束ねられた雑誌類、衣類が入っているとおぼしきプラケースや箱、中身の知れないポリ袋、そんな物がいつの頃からか家の周りに置かれ始めた。あれよあれよと言う間にそれは着実に増え続け、いつしか敷地中がガラクタとゴミで埋まってしまい、今では細い進入路を辛うじて残すだけになっていた。伸吉も噂に聞いたし、実際に通りかかって自分の目で見てもいる。近所から文句が出るのも当然と思われる惨状だった。

「あれは、ちょっとねぇ。何とかしなきゃねぇ」

伸吉も、何とも言いようがなかった。キリッとした美人という印象だった鈴沢夫人のかつての面影が頭に浮かんできた。

「正月が来るのに何とかしてくれってせっつかれるしさ、こんな話に関わっているとね、何だか悲しくなってくるよ。人生って、つらいものかもしれないねぇ」

常田会長は、それだけぼやくと軽く手を挙げてから鈴沢家の方角へ歩き去った。

気がつくと、また「デデッポポー」とキジバトが背後で鳴いていた。


店の定休日、朝からハサミやバリカンなどの床屋の道具を鞄に入れ、理容師出張業務届出済証があることを確認して「太陽苑」へ出かけた。

客が減ったことをぼやいているだけではどうしようもない、それは伸吉とて分かっている。さりとて、価格競争に身を投じても結局は疲弊し自分の首を絞めるだけだ。そんな時、出張理容をしてくれないかという話があった。知的な障害を持つ人たちが入所して暮らす施設へ定期的に出向いて散髪をしてくれという申し出だった。一も二もなく承諾し、必要な届けを出して、店の休みの日に月一回通い始めた。小さな施設で大した利益が出るはずもないが、ちょっとしたアルバイトくらいにはなった。

施設に着くと、さっそく机と椅子を借りて小さめの作業室の片隅に理容コーナーを作る。ここに入所して暮らしている人たちのほとんどは、自分でお金を管理することなどできない。それ以前に、自らの身だしなみに気を配ろうという意識もない人が多い。素人の目から見ても、障害の程度が重い人たちだと分かる。だから、散髪も本人の申し出はあり得ない、施設のスタッフが様子を見ていて必要と思われる人を連れてくる。代金も個人からではなく、施設の側からまとめて払ってもらっている。

その日最初に連れられてきた客は、六十歳ほどに見える男性だった。施設のスタッフはカズタカさんと呼んでいた。床屋というのは、常連の客と和やかに話すのも仕事の一つでそれが習性のようになっているが、この施設で仕事をする時は伸吉はこちらから喋りかけるのを自重している。最初の契約時に施設長から、このような時代だから個人情報をうっかり漏らすようなことがないようにと注意も受けた。身の上話などしていろいろなことを聞き出す形になってしまっても厄介だろうと思うし、そもそも会話が成り立つのかどうかも分からない。それに何よりも、じっと静かに座っていられない人も多く、ハサミの扱い一つにも絶えず細心の注意が必要で会話などしている余裕もなかった。

カズタカさんも多動の人だった。どういう障害なのかは伸吉には分からないし、もちろん施設の人も説明しないが、「頻繁に動きますから気をつけてくださいね」と言って女性スタッフが横に付いていてくれた。確かに、しきりに首を横に振っている。振ると言うよりも、右側にだけ引っぱられるようにきつく首を曲げる動作を繰り返している。

「動かないで座っててくださいね」

と言ってみたが、「ウーウー」という声が返ってきただけで、その動作は変わらない。顔剃りは論外としても、ハサミを使うのも最小限の短い時間にしてバリカンを多用して形を整えた。それでも途中で、スタッフの制止を振り切っていきなり立ち上がった。切った髪が乗ったままのクロスをむしり取り、その場で垂直にジャンプを始め、両手で自分の胸をゴリラのように叩き始めた。落ち着いてからまた座らせて仕上げたが、理容師として満足できる形にはとても持って行けなかった。

女性の客も来た。マリコさんは車椅子に乗っていた。「この人は大人しいです」、スタッフは忙しいのだろう、そう言うとマリコさんを任せて行ってしまった。

「どんな形にしましょうか?」

訊ねてみても返事はなかった。左右の手を交互に自分の前でヒラヒラさせている。まるで踊りの手の動きにも見えるし、目の前の虫か何かを追っているようにも見える。最初はそれが何かの意思表示なのだろうかとも考えたが、どうもそこには何の意味もないようだった。仕方がないので、おかっぱが伸びたような今の髪型を短く切り揃えてさっぱりした感じを出した。結局、マリコさんはじっと前を見つめたまま手を動かしているだけで、最後までひと言も喋らなかった。

反対にヒロ君はお喋りだった。

「ボクね、今日、作業、いっぱいやったの！　頑張ったの！」

伸吉のところに連れてこられるなり喋り始めた。入所者の人たちが内職作業のような仕事をしているのは、通りかかった時に見かけて知っているが、それを伝えたいらしい。

「そう、偉いねぇ」

ヒロ君は三十歳くらいに見えるが、発する言葉は幼く、小学生のような響きがある。伸吉も思わずそれに合わせるような返事をしていた。ひょろりと痩せていて、辛うじて自力で歩けるがずいぶんフラフラしている。転倒時の怪我を防ぐためだろう、ラグビーをする高校生のヘッドギアのような黒い帽子を被っている。それを脱がせると、スポーツ刈りが伸びてしまったような頭だった。

「スポーツ刈りでいいのですか？」

伸吉は訊ねたが、返ってきた答えはピントが合っていなかった。

「スイッチの仕事は難しいの、ボタンを入れる穴がなかなか合わないの」

今までやっていた内職作業の勘所を教えてくれているらしい。指導員に注意されたことをそのまま繰り返しているのかもしれない。付き添ってきたスタッフの方を見ると頷いてくれたので、素早くバリカンを用意して伸びた髪を刈り始める。

「春になったらね、イチゴ狩りに行くの、好きなだけ食べられるんだよ」

バリカンを動かしている間も、ヒロ君は喋り続けているが、その体はだんだん倒れていく。

「そーなの、いいねぇ」

相槌を打ちながら左手で姿勢を真っ直ぐに戻してやる。

「バーキューも行くの、お肉や野菜を焼くの」

「ああ、バーベキューのことかな？　すごいねぇ、楽しみだねぇ」

施設でやったり行ったりした行事のことを教えてくれようとしているのだろう。手早く刈り終えてハサミを使って修正し、持参したハンディタイプの掃除機で髪を吸っている時だった。前触れもなく、ヒロ君の体がガクンと前に倒れ、ものを言わなくなった。

「大丈夫ですか？」

問いかけても、まるでスイッチが切れたように動かない。

慌てて廊下へ出てスタッフを呼ぶ。

「分かりました。ベッドを用意しますから、こちらへ連れてきてください」

しばしばあることなのか、女性スタッフはさほど慌てた様子でもなく、折りたたみベッドを出してきて広げヒロ君を寝かせる準備をしている。

伸吉はヒロ君が付けたままのクロスを外し、その背中と膝に腕を入れて抱き上げた。驚くほど軽かった。成人男性とは思えない軽い体を両腕で抱えて簡易ベッドまで運んだ。目の前で胸が上下して、呼吸をしている様子が分かる。冬の衣服を着ていても、ヒロ君の体温が腕に伝わってくる。命のあるものを運んでいる実感があった。伸吉は、そっと大切にヒロ君をベッドに寝かせた。

その日、入所者の人たちの昼食までに五人の散髪をした。施設長に挨拶をして、外へ出ると時雨れていた。夕方には雪に変わるかもしれない寒さだった。帰る車の中、先ほどのヒロ君の体の重さと温かさが掌にまだ残っているような気がした。ラジオのニュースで、「一億総活躍社会」などと語る政治家の声が流れてきた。親が高齢だったり家族が受け入れたがらなかったりで、半分以上の入所者が施設で正月を迎えるのだという施設長の言葉が思い出された。信号が変わるのを待つ間、手の中の温もりを冷たいハンドルに吸い取られてしまいそうで、水谷伸吉は自分の両の掌を合わせると、そこへゆっくりと息を吹き入れた。

店に着くと、メジロのために刺しておいた蜜柑が食いちぎられて梅の木の根元に落ちていた。車を降り立ち、蜜柑を拾い上げると、店の軒の上に黒い影があった。「ピーッ、ピーッ」、ボサボサ頭のヒヨドリが人の気配に怯えるでもなく、甲高い声でふてぶてしく鳴いてから飛び去っていった。伸吉の車の上にその大きなフンがぼとりと落ちた。

海原を越えて

——赤須賀船異聞——

年齢（とし）を重ねるにつれて、新緑の鮮やかさが目にうれしく感じられるようになってきた。自分からは失われつつある生命の息吹のようなものをそこに見るからだろうか。大河の両岸や瀬に伸びやかに広がる砂州を覆い尽くすように生い茂る葭（よし）の緑が、紀和（きわ）の目にはひときわ優しいもののように映った。

姑を退屈させまいとしているのだろう、川の名、山の名を嫁が助手席から振り向いて教えてくれる。初めて訪ねる者にもどこかしら懐かしさを感じさせる穏やかな水郷の景観の中で、人工物の硬さがむき出しの河口堰の異形はすっかり浮き上がって見える。堰を左手に、多度や養老の山並みを右手に眺めながら、息子がハンドルを握る車は国道の大きな橋で長良川、次いで揖斐川を渡って桑名の街に入る。市街を抜け、揖斐川の堤防に沿った道をしばらく南下すると、道路よりも数段低い土地に密集して民家が建つ家並みが見えてきた。

「あれが赤須賀（あかすか）の集落らしいよ」

運転席の息子がナビを見ながら教えてくれる。路面をわずかに越すくらいの高さに、家の軒々が連なっている。

「いかにも漁師町って風情ね、お義母さん」

紀和の疲れ具合を気遣うように、息子の横で嫁が振り返る。この春に定年を迎えた息子が、「米寿の祝いには一年早いけど」と言いながら温泉旅行に連れ出してくれた。「白浜でも下呂でも、車で行くのならそれほど疲れはせんやろ、どこが良い？」。そう訊かれて、しばらく考えた後「長島温泉」と答えた。県内で良いのか、子どもが遊びに行くところやぞ、温泉場の風情などないぞ……息子夫婦は納得がいかないそぶりだったが、紀和の暮らす県南の地からすれば充分に遠い旅だ。それに、人生で最後の遠出になるかもしれない旅で、赤須賀の地をぜひ一度はこの目ではっきりと見ておきたい。近年、体の衰えや不調が深刻になってくるにつれ、紀和はそんな思いを強くしていた。長島温泉なら一晩泊まった翌日に桑名を訪ねて赤須賀の光景を見てくることができるだろう。自分が子や孫に恵まれ、今こうして暮らしていられるのも、あの人のお陰だと思っている。遙か昔に、赤須賀から船に乗って紀和の元へとやってきたあの人のひたむきな献身のお陰だと。

息子はネットで下調べをしておいてくれたらしい。「はまぐりプラザ」と表示のある瀟洒な建物の前で曲がると、赤須賀の港の中に車を停めた。消波ブロックやコンクリで覆われた、小さいが整備された港だった。シジミ漁や白魚漁に出る船だろうか、それほど大きくはない船が何十艘も連なって係留されている。昼前のこの時間には漁は既に終わっているのか、港には人影がない。はまぐりプラザに入ってみると赤須賀の漁業についての展示室があった。大漁旗の張り出された吹き抜けの部屋には、蛤の種類やその育成の様子、当地の漁業の歴史などが詳しく解説してあった。しかし、残念なことに赤須賀船(あかすかぶね)についての説明はなかった。

車に戻りさらに南に下ると、交差する道路の下をくぐった先に「浜の地蔵」があった。小ぶりなお堂と芭蕉(ばしょう)の句碑の間に、人の身の丈を優に越す大きな石の地蔵さんが立っている。前で車を停めてもらい辺りを見回すが、真言宗であるらしい寺の縁起や、「明けほのやしら魚白き事一寸」と刻んだ句碑の説明しか見あたらない。名前の由来となった海中から出現したという地蔵菩薩像は伊勢湾台風で行方不明になったままだと書いてある。今も立っているこの地蔵像は、かつて海で遭難した赤須賀の船の乗組員を弔うために篤志家が建てたのだと聞いたことがある。だからこそ紀和はここを訪れたいと思ったのだった。しかし年月の流れの中で忘れ去られてしまったのか、建立の経緯はどこにも記されていない。

確かに、紀和個人にしても世の中全体にしても、今や全てのことが流れ去り、記憶は曖昧になりやがて忘れられようとしている。紀和の記憶の中にだけは生き続けていたあの人の姿形も、さすがに今ではあやふやになってきているように。地蔵の顔を見つめながら、紀和はまだ少年の面影を残していたはずの七十数年前の清太(せいた)の顔立ちを懸命に思い出そうとしていた。

「清太、腰がフラついとるぞ！」

叔父の勇吉がからかいの声をかけてきた。船倉から米俵を担ぎ上げてきて舷側に足をかけたところだった。桟橋との間に渡した細い板は清太と米の重みで深くしなうので歩きにくい。父の長太郎は口をへの字に結んだまま心配そうに見ている。

船に乗り始めて半年ほどが経ったが、積み荷の陸揚げが一番難儀する。米一俵は人ひとりほどの重さがある。赤須賀のように船を横付けできる岸壁がある港ならまだよいが、この五鬼里のような浅い小さな港では貧弱な桟橋に船のトモだけを寄せるのがせいいっぱいである。そこへアユミ板を渡し、揺れる板の上を荷を担いで運ばなくてはならない。岸に近づくこともできないようなもっと小さく浅い浦では、積んでいる伝馬船に荷を載せ替えて浜との間を何度も往復しなくてはいけなかった。

「早うせい、日が暮れるぞ。ビクつかんと一気に行かんか！」

細長い板の上でバランスを取っている清太を後ろから長太郎が叱りつける。父はその肩に酒の入った四斗樽を担いでいる。あの樽は、米俵よりも三割方重くしかも堅くて担ぎにくい。

清太は尋常小学校のあと高等科の二年間を終えると、すぐに勢長丸という父のコメ船に乗り込んだ。舵を取る長太郎、機関を扱う叔父の勇吉、そしてカシキと呼ばれる炊事係の清太、その三人で二十トンほどの船に米だけでなく様々な商品を満載して桑名を出る。そして鳥羽を越え大王崎を回り、南の小さな浦々を訪ねては商品を届けて回る。帰りは空になった船倉に薪やら炭、鰹節、夏みかんという南の産物を積んで戻り、桑名や四日市で商った。それを毎月繰り返す。コメ船の商売は往きも復り(かえ)も儲けの出る〝のこぎり商い〟だったから赤須賀では五十隻ほどの船がこの仕事をやっていて、それぞれがお得意の港や浦を持っていた。コメ船以外にも、南から魚だけを運んで来て名古屋や四日市の魚市場に卸す事を専門にするナマ船もあった。南へ行くそんな船々を地元ではカイマイとかカイマリと呼んでいた。「買舞」の字を当て、「買い回り」が転じた言葉だと聞いた事がある。南の港では、赤須賀から来るそれらの船は「赤須賀船」と呼ばれていた。

米、酒、醤油、味噌、酢、大豆や小豆の豆類、黒砂糖やキザラの砂糖類、石鹸、マッチ、ローソク……港に敷いた筵(むしろ)の上に荷揚げした商品が並ぶ。山に囲まれて農地はほとんどなく、陸の交通路もないに等しい小さな村では、手に入れにくい物ばかりだった。赤須賀船が〝海の百貨店〟と呼ばれている所以(ゆえん)だ。集まってきた人たちに勇吉が酒や豆の量り売りをしているが、ほとんどの品は先月に注文を受けて桑名で買ってきた物だ。注文さえあれば、タンスや鏡台も畳も石油も運ぶ。中国での戦は果てもなく続き、二年前には「国家総動員法」

が制定され、今年の夏頃からは「大東亜共栄圏」という言葉をよく耳にするようになってきていた。つい先日は「日独伊三国同盟締結！」の大見出しが新聞に躍っていた。そんな時勢に連れて、生活に必要な物が世の中から少なくなってきて大都市では砂糖やマッチの切符配給制も始まっていたが、桑名ならまだ金さえ出せばとにかくも仕入れる事はできた。

「さあ、配達や。暗うなる前に終わらそか」

長太郎が米俵を軽々と担ぎ上げる。頼まれた商品はそれぞれの家まで届ける。昼間は畑や海に出ていて無人の家が多いが土間に置いてくる。〝掛け売り〟である。そして、家人が帰ったであろう夜に再び〝掛け取り〟に訪ねて、先月の分の支払いをしてもらい翌月の注文を受ける。

「この米を半俵に分けてな、それを宮さんの前へ持って行け」

父の声に、清太は思わず表情を変えたのだろうか。神社の前にある家へはだらだらと長い坂道を登って行かなくてはならない。その苦しさを思い浮かべて顔が歪んでいたかもしれない。

「まだまだひよっこじゃの」

笑いながら父は飛ぶような速歩(はやあし)で配達に向かった。

秋とは言え、西陽を浴びながら米俵を担いで細い坂道を登って行くと背中一面が汗で濡れた。途中で一息入れて振り返ると、勢長丸が浮かぶ小さな入江が見えた。沖には漁をする数隻の小船。港近くのわずかな平地には瓦葺(かわらぶ)きの家が数軒あるが、すり鉢状の斜面には藁(わら)屋根の粗末な家々が所々にへばりついていた。貧しい浦なのだと清太は思った。

桑名のそれに比べたら格段に小ぶりの貧相な社殿の神社の向かいには、藁葺きの古い家が建っていた。鍵などない表の障子戸を開けて、「勢長丸ですー」と一応声を掛ける。返事のあるはずもなく、暗い土間に米俵を下ろすと「毎度ありー」と大声で言って戸を閉めた。清太が振り向いた時、坂道を上がってきた一人の子供がこの家の地所に入って来た。その女の子は見慣れぬ者の姿を認めて足を止める。くりっとした目の子供だった。

「あんた、この家の子か？　ワシは赤須賀の勢長丸のもんじゃ、先月注文してもろた米を置きに来たんや」

少し慌てたような清太の言葉を聞いて素性が分かったのだろう、少年のようによく日に焼けたその子は、

「そりゃ、どうもおおきに」

と大人のような挨拶をしてから、ぺこりとお辞儀をし、にこりと微笑んだ。

「水しかありませんけど……」

汗で色の変わった清太の背中を見たのだろう、少女はそう言いながらすばやく家の中に駆

け込み湯呑みを手に戻ってきた。船の水瓶（みずがめ）のぬるい水に慣れていると、井戸水はこの上もなく冷たくおいしく感じられる。

「ごちそうさん」

心から出た清太の言葉に、少女は野の花のように微笑んだ。白い歯が輝く少女の明るい微笑みは、疲れた清太の心にくっきりとした跡を残した。それが紀和との初めての出会いだった。

港へ戻ると、一足先に船へ戻り夕食の準備をした。潮水で米を研ぎ、水瓶の水を入れて船のクドで炊く。七輪も積んであって、それでおかずの煮炊きをした。三人で夕食を済ますと、今度は二手に分かれて掛け取りに出た。大福帳、算盤、現金をかけとり袋に入れて持ち、勇吉と清太は港の近くの家々を、長太郎は少し離れた得意先を回った。

「なかなか払うてもらえんもんやな、オジキ」

道々、清太は叔父に問いかける。先月届けた商品の代金を払ってもらうのは当たり前だと思うが、全額払ってくれる家は少なかった。十五円のところが、「すまんが、十円しかないのやわ」と拝まれれば、「ほな、残りは来月にしましょか。けど、今まで貯まった分は暮れには絶対に頼んまっせ」と言って引き下がるしかなかった。

「まあ、しゃーないわさ。こっちは、まだまだみんな貧しいんやわ。汽車なんて見たこともない人、まだいっぱいおるのと違うか、このあたりじゃ」

「そやかて、こっちも商売やろ」

納得がいかぬ風の清太に、勇吉はゆっくりと語る。

「ワシらは桑名へ帰れば家もあるんやし、どうにか暮らしていけとるやんか。いくら代金を払わんからと言うて、鍋釜や残りの米まで引きあげてくるような真似ができるか？」

五軒、六軒と回ったがかけとり袋はどれほども重くはならなかった。長太郎の方も同様の首尾だったらしい。金を船金庫にしまい、三人は船で寝た。そして翌朝には次の浦を目指して船を出した。


ひと月の半分以上は南の港から浦へと船を巡らせており、残りの日々は積んで帰った炭や薪を桑名や名古屋で売りさばくことに費やした。そして桑名の街で次の商品を仕入れて積み込むと、また伊勢湾を南へ下る。毎月それを繰り返して昭和十五年は暮れ、年が改まった。鉄道はとうの昔に尾鷲までは延びていたが、いまだに木本（きのもと）には届いていなかったし、鉄路から離れた小さく貧しい浦はまだたくさん存在した。五鬼里にも毎月船を入れた。

「お前たち、着替えて汚れ物を全部出せ」

ある日、長太郎が言い出した。訳を問うと、半月も着た切り雀ではかなわないから、洗濯を頼める家を見つけてきたと言う。まもなく桟橋に現れたのはあの少女だった。宮さんの前の家で微笑んでいた子だった。長太郎は袋に入れた三人分の洗い物を手渡すと、

「五日後の昼に船を入れるから、ここまで持って来てくれや」

そう言いながらその小さな手に硬貨を数枚握らせた。

いつの間にか、洗濯物を渡すのも受け取るのも、年少の炊事係の仕事になった。いきおい、清太は少女と言葉を交わすようになり、その名を紀和と言うこと、自分よりも四歳年下の十二歳であることを知った。紀和の家に注文の品を届けるついでに、洗い物の詰まった袋を持って行っても、人の気配がないと清太は何となく気落ちした。洗った物を受け取りに入港する日を書き残す手に、期待を込めるように妙に力が入った。約束の日時に五鬼里の入江に船を入れようと、岬の突端を回ると胸の鼓動が速くなるように感じた。やがて桟橋が見えてきて、両手に余るほどの大きな袋を抱きかかえるようにして立つ紀和の小さくいじらしい姿を目にすると、清太は胸の奥に小さな灯りがぽっと灯ったような気分になった。

ある日、配達に紀和の家を訪れると、たまたま道具を取りに畑から帰っていた紀和と出くわした。

「注文の大豆とキザラに味噌、締めて四円やな。砂糖はちょっとおまけしといたでな」

「いつもありがとう、重たかったやろ」

ひと月ぶりに会う清太の言葉にこぼれるような笑顔を返した紀和の表情が少し曇る。

「どうかしたん？」

「ううん、ただ四円って大金やなぁって思てな。うちは来月きっと全部はよう払わんような気がする」

「ええやん、全部が無理やったらあるだけで。残りはお盆の時でええって、うちの親父もいつも言うてるやろ」

清太は優しく言ったつもりだったが、紀和の顔はますます曇った。

「けど、うちはもうだいぶ付けが貯まっとるやろ。そんな額、いったいどうするのやろ」

「あー、紀和ちゃんは心配せんでええのと違うか？　まだ子供やし、お父(と)っつぁんがちゃんと考えとるわさ」

「せやけど、父っつぁんはこの頃えらいえらい言うてばかりやし、妙な咳をしとるし、あたい何か心配やわ」

うつむいてしまった紀和を励ましたいと清太は思った。このまだ幼さの残る女の子を何とか力づけたいと思った。

「元気出しぃな！　そや、こんど来る時には桑名で何か菓子を買(こ)うて来たるわ。紀和ちゃん、何の菓子が好きや？」

少し表情を和らげてうれしそうにしながらも、紀和はもじもじとしている。

「キャラメルやドロップがええか？　せんべいや饅頭の方が好きか、ああビスケット買うて来たろか？」

問い続ける清太に、紀和は赤い顔をして答えた。

「あたい、買うたお菓子なんていっぺんも食べたことあらへんの。せやで、どれがおいしいのかも分からへん」

恥ずかしげに顔をくしゃくしゃにして、少し怒ったように言う紀和を見て、清太は「ごめんな！」と誤りながらその頭を強くかき抱きたい衝動に駆られた。そうだ、五鬼里はまだ貧しいのだ。改めて思い知らされた。子供だと思っていた紀和は、実は自分よりもたくさんの現実を知っているのかもしれない。清太は、自分の考えの浅さがいやになっていた。


「カイマイの船を出すのはもう止める」

夏が近づいた頃、父の長太郎が勇吉と清太に突然告げた。

「何でや！」

清太は驚いて訊ねたが、勇吉はついに来たかという顔をしていた。

「四月に生活必需物資統制令いうのが出たんは清太も聞いとるやろ」

昨年から既に始まっていた砂糖やマッチ、味噌、酒の切符制だけでなく、この春からは大都市では米が配給通帳制となり、外食をするには外食券が必要になったことは清太でも知っていた。米の配給制がいずれ全国に広がることは間違いない、長太郎は苦々しげにそう続けた。商売をするにも、もう普通の方法では品物を手に入れることができない。裏から仕入れられなくもないが、ヤミだと言われて手が後ろに回りかねない。さらに、漁船の徴発が続いているのだと言う。中国戦線の水路で使ったり、日本近海の哨戒に当たらせたり……遠洋へ出られるような大型漁船だけでなく、軍は十トンや二十トンの小型漁船でさえも徴発し始めていた。勢長丸とて、いつ名指しされないとも限らない。

「売る品物はない、運んでいく船もいつまであるか分からん」

「しかも」、父は清太の顔を見ながら気遣わしげに言った。

「お前の徴兵検査にしても、いつ呼び出されるか分かったもんやない。こんな世の中で、のんびりと二十歳になるまで待ってくれるとはとても思えん。つまり、跡取りもおらんようになるかもしれんちゅうことや。こんな無い無い尽くしで続けられると思うか？」

赤須賀の中でも、他の船も次々にカイマルを止めていた。長太郎の言う通り、この商いを続けていける情勢ではなかった。勇吉も清太もひと言もなかった。二人が得心したのを見て、長太郎が告げた。

「最後の掛け取りに船を出す。今までの付けを全部払うてもろて、それでこの仕事は終い(しまい)じゃ！」

紀和の父はゴザを敷いた床に座り込んだまま顔を上げなかった。

「そら、三百円を超える額や、勤め人の給料の何ヵ月分にもなる。大金なんはワシらもよう分かっとる」

うなだれたままの脳天へ語りかけているような長太郎の声に高ぶりはない。

「けどな、今話したような次第でワシらもこの商売をもう止めやんならんのやわ。このご時世の中、これからも何とか暮らしていかなあかん。あんたとこも大変なんは分かるけど、何とか払うてもらえへんやろか」

五鬼里に船を入れ、掛け売りをしてきた家を片っ端から回り貯まった代金を請求した。しかし、やはり全額を払ってくれる家は少なかった。中には、「赤須賀の衆が来たで」と触れ回り、家の裏口から逃げてしまう輩もあった。

「ワシに甲斐性がないばっかりにこんなに借金貯めてしもて、ほんまに済まんこってす」

逃げるでも言い訳するでもなく、紀和の父はただひたすら謝った。

「金があるのなら最後の一銭まででも払わせてもらいます。せやけど、ほんまに金がないのです、恥ずかしながらこのうちには金というもんがないのです」

父親の絞り出すような声に、長太郎も気まずいような顔をした。勇吉も清太も次の台詞が出てこなかった。全身を押さえつけてくるような重い沈黙がしばらくの間板の間の上を支配した。しかたなく、長太郎は小さな声でこう言った。

「暮れに、もう一回寄らせてもらうわ。その時はほんまにほんまに頼んまっせ」

長太郎の言葉に、紀和の父は床に頭を擦りつけんばかりにして礼を言った。立ち上がり挨拶をして辞する清太たちを、破れた障子の陰で紀和が見つめていた。継ぎの当たった、いつもの短い単衣(ひとえ)を着て目を潤ませていた。今まで見たことのないような悲しい目だと清太は思った。

「親父、あの家、金作れるのやろか?」

すっかり暮れていた。神社の前から下る道を三人で歩きながら清太は気になっていることを訊ねた。

「まあ無理やろな。近場の海の魚とわずかな畑のものだけでは何ぼの現金にもならん。家族が日々暮らしていくだけでせいいっぱいやろな」

「ほな、あの家はどうするんや? 暮れにも払うてくれへんのやろか?」

一呼吸おいてから長太郎が答える。

「いや、払うてくれる。あの人は借りたものはちゃんと返す人やと見た」

「けど、どうやって払うんや？」

長太郎は苦い顔をしていた。

「売る山があるようにも見えん。さしずめ、娘を売るしかないやろな」

想像もしなかった答えに清太は言葉に詰まった。

「どこへ？　売るってどこへや？」

「昔の船宿やな」

勇吉が横から口を出した。

「お前はまだ子供やから知らんかもしれんが、世の中には『はしりがね』と言うおなごがおっての。港に入った船の男たちを慰めるのが商売や」

清太とて、船遊女のことは知っている。菜売り、サンヤレ、さらに南へ行けばタコ……港みなとで呼び名こそ違え、海の男が立ち寄る港みなとにはそういうことを生業とする女が昔からいたのだという。

「せやけど、そんな仕事はもう今では御法度になっとるのと違うんか？　皇紀は二六〇〇年の時代やぞ」

確か、お上のお達しが出てその種の女たちはもういなくなったと聞いた覚えがある。

「ふん、そんなん表向きのことや」

勇吉は訳知り顔で説明する。

「魚心あれば水心と言うてな。世の中必要とする者がおれば、便宜を図る者も必ずおるわけや。今でもちゃんと商売しよる所はある。ここらの貧しい村では、昔からぎょうさんの娘が売られとるんや」

清太は突然にある光景を思い出した。まだ船に乗り始めて間もない頃、どこの港だったか憶えていないが、夜中に目を覚ました清太は渇きを覚えて水瓶の水を飲んでいた。波のない凪（なぎ）の夜だった。ふと、近くからせせらぎのような音が聞こえてきた。音の源を探って、隣に碇（いかり）を降ろしている大きな船を見上げると、着物をだらしなく羽織った女が舷側に片足をかけて立っていた。手が着物に潜り、股間をまさぐっていた。釣瓶で汲み上げた海水で、その陰部を洗っているのだった。着物から突き出された白い脚が月光を浴びて怪しく光っていた。清太は水を飲む手を止め、ものも言えず白いふとももの豊かなししおきを見つめていた。やがて、眼下の少年を見つけた女は、相好を崩すと満面の笑みを投げかけてきたのであった。

あの時の、熟れた女の振る舞いに硬い果実のような紀和の面影を重ねた。

「そんな、あの子はまだ十二歳やで。ほんの子供やないか！」

「すぐには役に立たんでも、いずれは一人前に稼ぐようになる。せやで、幼い子でも女には値が付くのや」

憤然としている清太に、世の理を説くように長太郎が言う。

「それに、あの子はちょっと可愛らしいしな。ありゃ磨けば光るタマやで」

叔父の下卑た言い方が気に入らなかった。紀和が小舟に乗せられて船々を回る姿が頭に浮かんだ。

「親父、あの家の借金、まけてやれんのか？」

気負い込んだ清太の顔を、長太郎は静かに見返す。

「まける？　棒引きにせいと言うのか？」

正面からそう問われて清太の方が幾分うろたえる。

「いや、全部とは言わん。せめて半分にまけといたるとか……」

「半分の百五十円ならあの家で工面できるか？」

そう言われたら清太は何も答えることができない。傍らからあの家の暮らしぶりを見る限り、尋常の手段ではたとえ五十円の金でも作ることは難しかろう。夕暮れの埠頭で、受け取った洗濯物と引き替えに駄賃を渡した場面の記憶が甦る。わずか数枚の硬貨を、紀和は大切そうに掌に包んだ。走って帰り、その温もりのまま父親に渡すに違いない。そんなわずかばかりの収入で大きな借財が返せるはずもない。少し恥じらいながら小銭を受け取る紀和の澄んだ瞳が心に浮かぶ。ああ、何とか紀和を助けてやりたい。

「そんでも……何も貧乏人をいじめるようなことをせんでもええやろ！　ワシらは桑名で何とか暮らして行けとるやんか、いつかオジキも言うとったやろ。それに、親父は金持ちやんか。魚の棚（うおんたな）の店ではいつもパァと現金で米や味噌をぎょうさん買うてるやないか！」

清太はすがるような口調になっていた。長太郎は立ち止まり改まった表情で息子の顔を見据えた。

「ワシの仕入れのやり方を見て金持ちやと思たんか。お前も、まだまだ商売が分かっとらんな。現金で仕入れた物の代金は、こんな調子で半年経っても全部は入って来んのやぞ。こんな商売で金持ちになれると思うか？」

長太郎は前方に視線を戻すと、またゆっくりと坂を下りながらつぶやいた。

「ひょっとすると、ワシらは酷なことをしてきたのかもしれんな。うまい物や便利な物を見せられたら、人間誰でも欲しなる。自分には払う力がないて分かっていてもな。それなりに暮らしとったここらの人の顔の前に、いわば人参をぶら下げとったのかもしれんなぁ」

勇吉もいつになく真剣な表情で言った。

「せやけど、そうとも限らんで。ワシらのお陰でこの辺りも開けてきたのかもしれんで。自分を責めても仕方ないのと違うやろか、ワシらはワシらで生活して行かなあかんのやしな」

「お前ら知っとるか？　昔な、ワシらのご先祖さんが津の藤堂侯を助けたんやぞ」

また水谷のじいさんの十八番が始まった。

「参勤交代の折に七里の渡しを行く御座船が転覆しかかってな、それを赤須賀の衆が助けたんじゃ」

石取祭（いしどりまつり）が近づいていた。町屋川の白石を神社に奉納する祭りだ。桑名の街なかの石取は既に終わっていたが、赤須賀では少し遅れて祭りを営む。八月のお盆の二日間、各町内は祭車と呼ばれる山車を引き回し、狭い家並みの一番奥に位置する神明社へと繰り込む。今日、清太の町内では各戸から人が出て倉庫から祭車を引き出し、鉦（かね）や太鼓を磨き提灯を張るという準備に追われていた。

「それでどうしたんじゃ？」

何度も聞いた話だが、じいさんの機嫌を損ねると面倒なので清太は話の続きを促す。

「おお、そんでな、赤須賀の船は藤堂さんの蔦（つた）のご紋を船に揚げることを許された。この藤堂蔦をはためかせとると伊勢湾をどんだけ南に行っても、そこらの船に追い払われることは絶対になかったそうや」

「ほんでも、明治になって困ったんやろ？」

やはり話のおおかたを知っている従兄の吉松（よしまつ）が口を挟む。

「ああ、鉄道ができて七里の渡しは誰も使わん。渡し守の仕事がなくなってしまうし、かと言ってシジミやアサリだけではやっていけん。ほんで、ワシらのじいさんたちはようけカイマイに転向したらしいわ。まだ帆船の頃やぞ、そんな小舟で紀州まで通うたらしいわ」

「その頃からコメ船もナマ船もやっとったんか、赤須賀は？」

清太の訊いたことはじいさんの手には余ったらしい。今までよりは熱の籠もらない口調でぼそぼそと言った。

「さあな、よう知らん。けど、ワシの小っさい頃には確かにもう両方ともあった。ま、コメ船は元手がいるで誰でもやれるものでもない。その点、ナマ船は当たれば大きい。特に魚が高うなる夏場はぼろい儲けや」

やがて祭車の準備も整い、祝いの酒を酌み交わした。夜も更け宴も果てて、狭い小路を吉松と一緒に帰った。勇吉の息子で三歳年上の吉松は清太にとって兄のような存在だった。

「清太、お前、コメ船がヤメになって暇やろ？　ナマ船やってみる気ないか？」

「えっ？」

清太の思いもしないことを吉松は言い出した。

「水谷のじいさんも言うとったやろ、夏は魚が肥えるで値が高うなる。一回運ぶだけでもびっくりするような儲けが出るで」

「けど吉兄（よしにい）、統制令やぞ。そんなんしたらヤミやろ、捕まるんと違うか？」

清太は吉松の顔をまじまじと見る。

「アホ言え、海の上にまで憲兵がおるか！　それに南の漁師が獲った魚をうまいこと行き渡るように運んだるだけやんか。ワシはな、小学校を出てからずっと他人のナマ船に乗って修業してきた。苦労してせっかくおぼえた仕事がやれやんようになって腹が立って仕方がないんじゃ。どうせ来年は徴兵検査じゃ、怖いもんなどあるかい！」

「せやけど、運んだとしてどこの市場に卸す？　そんなん買うてくれるか？」

「名古屋や。第三師団もおったくらいの都市（まち）やぞ、名古屋ならこんな時代でも自分だけはうまいもん食いたい人間がきっとようけおる。前もって買い手を見つけておいて熱田（あつた）へ揚げたらええねん」

その時、清太の頭にまず浮かんだのは紀和の面影だった。まとまった金を作ることができたらあの少女を救うことができるのではないか。遊女に売られてしまうのを止めることができるのではないか。そんな思いが清太の胸に急速に湧き上がっていた。

「そんでも、船の当てはあるんか？」

「任せとけ。昔、鳥羽あたりの近場まで魚を買いに行っとったチョロカイマルの船を知り合いが持っとる。あれを借りて紀州まで行く。五トンもないで、お前が機関を見て俺が舵を取ったら二人で動かせる」

生け簀(いす)いっぱいにスズキや鯛を入れ伊勢湾を北上する吉松と自分の姿を清太は思い描いた。そして紀和の笑顔が脳裡に浮かんだ。

「よっしゃ、ワシ、やるわ！　一緒に南に行こまい！」

こうして、石取祭の終わった数日後、二人は簡単な書き置きだけを残して、小船で赤須賀を後にして伊勢湾を下った。


魚を運ぶナマ船はカンコと呼ばれる生け簀を船倉に備えている。船体も肩幅が狭くほっそりしており、スピードが出るように、また同時によく揺れるように作られている。と言うのも、生きた魚は少しでも速く市場に運ぶ必要があったたし、カンコにはヒーという栓が作ってあって、揺れることでそこから新鮮な海水が入り込み魚の活きをよくするという工夫がしてあったのである。

吉松が用意した船は、長太郎らと乗っていた勢長丸に比べれば遥かに小さく小船と言うしかなかったが、それでもちゃんと三つのカンコがあった。二人は紀州の海へ着くと船の前にタモを立てた。それが、漁師たちに対する「魚を買うぞ」というナマ船の昔からの合図だった。見つけた漁船が一隻また一隻と寄せてくる。魚を検分してその場で値段を決め、現金で払ってカンコへ移す。吉松とて数年の経験しかないはずだが、買値を巡って漁師たちと渡り合う様は清太が見ても充分堂に入っていた。もっとも高値で売れるスズキを一番大きなカンコに入れ、他のカンコには鯛とイサギを放した。向こうから売りに来る船が途切れると、こちらから漁船を探しては寄せて行き、声を掛けて魚を集めた。

　ナマ船は時間との勝負である。買い付けた魚を生きたまま運ぶからこそ高く売れる。生け簀に入れているとは言え、魚は互いに擦れ合って鱗（うろこ）を落とし傷み次第に弱っていく。従ってカンコがいっぱいになったら、躊躇無く市場に向かわなくてはならない。紀州から熱田まで十馬力の焼玉エンジンを吹かしまくっても十時間はかかる。しかも、伊勢湾の奥に行くにつれて海水は真水に近づき魚は更に弱る。だから四日市の沖あたりで魚は船上でシメなくてはならない。甲板の上に引き上げ手鉤（てかぎ）で一匹ずつ目の上を突き刺す。船上は血だらけになり人は鱗だらけになると吉松は言う。シメた直後の魚はまだ硬直せず柔らかい。それなら良い値で売りさばけるのだと言う。早朝に熱田に着けようと思えば、シメる時間も考えて暮れ方にはこちらを出なくてはいけない。

「そろそろカンコもいっぱいやな」

　生け簀を覗き込みながら清太が言う。

「おーし、ほな戻ろか！」

威勢の良い吉松の声で清太はエンジンを掛けた。熊野の海を東に向けて走り始めた船の背後から、夜の闇と黒く大きな雲がそれ以上の速さで追いかけて来ていた。

「荒れるかの？」

強まる風に吹かれながら、急速に明るさを失いつつある空を見上げ不安そうに清太が問うと、

「なーに、全速で飛ばせばこっちの方が速いわい！」

まるでふんぞり返るガキ大将のようなことを吉松は言った。しかし、二人とも海の天気が読めるほどに船の経験があるわけではないことは、実は自分たちでよく分かっていた。それぞれ内心の不安を隠して黙り込んだ。

それでなくても荒れる大王崎を何とか回ろうとする頃には、海はもう大時化(しけ)になっていた。強風に加えて雨も降り出し、甲板を叩き人の顔を打つ。小船は波間で大きく上下に弄ばれ進路すら保ちづらい。

「これは行けんで。的矢(まとや)の港にでも入った方がええのと違うか？」

コメ船なら、こんな時化には絶対に船を出さない。清太の提案に吉松が怒鳴り返す。

「あほ言え！　ナマ船はそんな甘っちょろいもんやない。魚積み込んだら、とにかく走るん

じゃ！　それしかないんじゃ！」

吉松はそう言いながら、右に左に舵輪を回して大波を避けようとした。それでも避けきれず、船は泡立つ波の横っ腹に突っ込み、そのただ中を槍のように突き抜けていく。波が甲板を洗い、簡単な覆いの間から海水の飛沫がエンジンに掛かり「ジュッ！」と盛大な湯気が上がる。

「ははは、潜水艦じゃ。連合艦隊ここにあり！」

手荒く上下に揉まれる船上で吉松が海水で全身ずぶ濡れになりながら叫ぶ。ポンポンポンと単調な音をたてるエンジンの調子が乱れぬよう、清太は祈るような気持ちでバルブやレバーを握っているしかなかった。

左手に常に陸地の影を見ながら走り続けた。やがて、礫(つぶて)のように降りつける雨を手で遮って遠方を望むと、右手の波間に島影らしい黒いものがかすかに見えた。

「神島(かみしま)じゃ、伊勢湾に入ってしまえば一安心じゃぞ！」

振り返って叫ぶ吉松の顔にも内心の安堵が浮かんでいる。その時、前方に巨大な白い波頭が立った。二階屋をも越すほどの高さに持ち上げられた大量の海水が今まさに崩れ落ちようとしている。あの波に甲板を打たれたら、こんな小船など木っ端微塵に吹き飛んでしまう。

「吉兄、波じゃ、大波じゃ！」

清太は声を限りに叫んだ。気づいた吉松が懸命に取り舵を切る。舷側が海中に没するほど左に傾いだ船は大波の脇を辛うじてすり抜けたかに見えた。

その時、「ガン！」と船底で鈍い音がして船が揺さぶられるように震動した。次にふわりと上昇する感覚があった。

「岩じゃ、暗礁に当たった！」

吉松が叫ぶのと同時に、船体が明らかに浮き上がった。波に煽られ勢いのついた小船はジャンプ台を飛び出したかのように宙に身を躍らせた。そして虚空でおもむろに左に回転しながらまた海中へと落ちていく。同時に吉松の体がゆっくりと甲板から浮き上がって離れ、嵐の中へと放り出されて行った。何かにすがろうともがく手が虚しく宙をつかむ。波濤の中に呑まれて消えていくその姿を清太は為す術もなく凝視し続けていた。海中に消えていくその顔一面に恐怖がべったりと張り付いているのがはっきりと見えた。

「吉兄ー！　吉兄ー！」

清太の叫びは嵐の音にかき消された。船はゆっくりとなおも回転し、逆さに覆った状態で再び海中に突っ込んだ。清太の目の前で、灼熱したエンジンに触れた海水が瞬時に沸き立ち爆発した。清太の体は強い力で弾かれ、冷たい海の奥深くに押しやられた。口に鼻に肺に、海水が入り込み息のできない苦しさに大きく身をよじった。

やがて、薄れていく清太の意識の中に浮かんでいたのは、南の浜に立つ健気な一人の少女の姿だった。

「ずっと立ってるけど、暑くないか？」

息子の声で我に帰った。初夏の日差しが降り注ぐ中、紀和は地蔵の像の前に立ち尽くしていたのだった。赤須賀の海が見たいと言うと、嫁が手を引いて背後を走る道路を渡らせてくれた。数段のコンクリート階段を上がると堤防の上に立てた。昔は船の目印としたという復元された大きな常夜燈の横に立つと、目の前を大河が流れてゆき南の河口部で海へと繋がっていた。伊勢湾を行き交う大型船の姿が少し霞んでいくつも見える。

あの時、清太が再び五鬼里の浜に降り立つことはなかったのだった。溜まりに溜まった勢長丸への支払いのため、万策尽きた紀和の父は娘を船宿へ売る腹を決めていた。そして、親から説得されて最初こそ泣いた紀和も、ついには已むない事と諦め覚悟を決めていた。

そんなある日、勢長丸の船頭長太郎から手紙が届いた。息子の清太が金を作ろうとしてナマ船に手を出した挙げ句、時化の海から戻らない事がまず記されていた。そして、関東から商人が桑名にやって来て、軍関係に転売するため漁船を買い漁っている事、このまま徴発されるのを待っていても仕方がないので彼らに勢長丸を売った事が記されていた。「少しはまとまった金が入ったのでワシらはまた何とか生活していける。それに船がなくなったのだから、もう紀州には行くこともできない。この際、カケの代金の事は忘れてもらっても構わない」、そんな意味の事が下手な字で書いてあったと言う。清太は自分のために海に出たのだと紀和は直感した。私のために金を作ろうとしてくれたに違いない。最後の掛け取りから虚しく帰っていったあの夜、障子の陰から見た清太の硬い表情を思い出すと、それは確信できた。そして長太郎は息子の思いに気づいていたのだろう。無謀な行動の底にある意図をすぐに悟ったに違いない。清太の一途な好意を知って紀和は胸を熱くし、清太の遺志を汲んだ長太郎の配慮に父は感動し、家族揃って深く頭(こうべ)を垂れた。

あの年の暮れ、もっと大きな戦が始まった。「空母撃沈」「敵を撃破」「大破炎上せしめたり」……そんな勇ましいラジオの声を何の疑いもなく信じていたが、戦いは一向に終わらず何年も続いた。たくさんの人が連れて行かれ、そしてほとんどは帰って来なかった……挙げ句の果てに、地面に顔を擦りつけられるような無残な形で戦いは終わった。食べるものも着るものも心の支えすらなくした騒乱の中で、紀和はそれでも着実に大人になり、やがて近くの浦へと嫁ぎ、生活に追われながら子供を育てた。五鬼里の浜で清太と別れてからの半世紀を遥かに超える年月の間の出来事が続々と思い出された。夫となった男は誠実な漁師だった。当地に原子力発電所を作る話が持ち上がった時には強く反対を唱えた。それゆえ、人から頼りにもされたが同時に疎まれもした。そんな長年の労苦のせいか古希を前にあっけなく逝ってしまった。三人の子供はそれぞれ家庭を持ったし、六人の孫はもういずれも成人した。

　自分の家族の事、取り巻く人々の事、世の中の動き……この世の様々な人の営みが現れ、そして消えていった。つまるところ、それらが集まったものが歴史なのだろうか、豊かな川の水が次々と流れ込み、平穏な表情で満々と横たわる海原を前に紀和はそう思った。海はすべての歴史を知っている。私たち人間の営みのすべてを呑み込んでいる。亡くなった夫も父や母も、そして顔かたちすら今では朧（おぼろ）な清太も、海の底の奥深くで眠っているのだろう。そして、彼らの怒りも無念も願いすらも、今でもこの海原の底にあるように思える。

「お昼に焼ハマグリでも食べて、そろそろ帰ろうか」

　息子の声に振り向こうとした時、海底（うなぞこ）の誰かが挨拶を送るかのように、穏やかな水面がきらりと光った。紀和は海原に向かってそっと微笑みを返した。

参考文献
『海で生きる赤須賀　聞き書き　漁業の移り変わりと熊野行き』
（平賀大蔵著、赤須賀漁業協同組合発行、一九九八年）

あとがき

「私小説」を書いてきたとは自分では思っていない。それどころか、できるなら社会的な視点を持ちたいとさえ考えている。それでも、過去の作品を読み返すと、そこにはかつてのある時点での自分の考え方や興味・関心のありようが色濃く投影されている。その意味では、この本の中には五十歳代半ばごろから六十歳にかけての九人の〝私〟がいる、とも言える。

初出を挙げると、

「斗馬の叫び」　『海』九一号（二〇一五年五月発行）
「雨ぞ降る」　『海』八九号（二〇一四年五月発行）
「蛇男と黄色い水」　『海』八八号（二〇一三年十一月発行）
「浄水場にて」　『海』八七号（二〇一三年五月発行）
「幸せの隣」　『海』八五号（二〇一二年五月発行）「輪舞――幸せの隣」を改題
「迷い猿」　『海』九〇号（二〇一四年十一月発行）

「あの歌を聴きたい」　『海』八四号（二〇一一年十一月発行）
「水谷伸吉の日常」　『海』九五号（二〇一七年五月発行）
「海原を越えて――赤須賀船異聞――」　『海』九四号（二〇一六年十一月発行）

敢えて発表順にはしなかった。私の思考が年ごとに順調に進歩・発展しているはずもないからである。それにしても、「書く行為」には記し留めることができるという素晴らしさがある反面、かつての未熟な姿までも定着してしまうという恐ろしさもある。今回、いくつかの作品にはかなり手を入れた。

三重県で発行されている『海』という同人誌を発表の舞台としてきた。私にとって三冊目の著書となるが、創刊者の故間瀬昇氏をはじめとする同人の仲間に励まされて続けてくることが出来た。それ以外にも周囲の文学仲間や家族の応援があってこそだったと感謝をしている。また、今回は鳥影社の皆さんにひとかたならずお世話になった。謝意を表したい。

二〇一七年　雨の多い夏に

国府正昭

〈著者紹介〉
国府　正昭（こくぶ　まさあき）
1956年　三重県生まれ
早稲田大学教育学部卒業
元高校教員
桑名市在住
文芸同人誌『海』同人
平成12年度三重県文学新人賞受賞
短編小説集『夜も流れる川』（2004年　近代文芸社）
作品集『間瀬昇と一見幸次』（2017年　葦工房）

海原を越えて

定価（本体1389円+税）

乱丁・落丁はお取り替えします。

2017年 11月 3日初版第1刷印刷
2017年 11月 9日初版第1刷発行
著　者　国府正昭
発行者　百瀬精一
発行所　鳥影社（www.choeisha.com）
〒160-0023 東京都新宿区西新宿3-5-12トーカン新宿7F
電話 03(5948)6470, FAX 03(5948)6471
〒392-0012 長野県諏訪市四賀 229-1(本社・編集室)
電話 0266(53)2903, FAX 0266(58)6771
印刷・製本　モリモト印刷・高地製本

ISBN978-4-86265-635-3 C0093